6月31日の同窓会

真梨幸子

実業之日本社

6月31日の同窓会

蘭聖学園

蘭聖学園《らんせいがくえん》は、神奈川県瑠璃《るり》市夢見《ゆめみ》が崎《さき》一丁目（旧相模《さがみ》郡瑠璃町）に所在し、小中高短大一貫教育を提供する私立女子学校。原則、初等部と短大のみ入学者を募集し、初等部からはエスカレーター式で進級させる完全一貫システムだが、年によっては、中等部、高等部、それぞれ、数名から数十名の入学者を募集することもある。

沿革

一九一四年（大正三年）　三月、ドイツ人の修道女マリア・ジハルトが、女子を対象にした行儀見習い施設及び修練所「マイグレックヒェン（鈴蘭）会」を瑠璃町に設立。

一九三五年（昭和十年）　四月八日、蘭聖高等女学校を設立。

一九四八年（昭和二十三年）　四月、学制改革により、蘭聖高等部を設置。

一九五八年（昭和三十三年）　四月、蘭聖中等部を設置。

一九六二年（昭和三十七年）　七月、エリザベス・アケイリスの運動に参加。

＊註　エリザベス・アケイリス亡きあとも、その運動を現在まで継続している。

一九六七年（昭和四十二年）　四月、蘭聖初等部を設置。

一九七四年（昭和四十九年）　四月、蘭聖短期大学を設置。

校訓　平等であれ、純潔であれ、正しくあれ。

旧瑠璃町と旧御崎町の合併問題

旧相模郡瑠璃町と旧相模郡御崎《みさき》町の合併は、一九五三年（昭和二十八年）の町村合併促進法施行をきっかけに提案され、その後も折りあるごとに議論されたが、そのたびに賛成派と反対派が激しく対立し、立ち消えになっている。

一九八六年（昭和六十一年）にも合併話が持ち上がり市民間で大紛糾した。が、同時期に起きたふたつの事件をきっかけに、世論がいっきに「合併」へと傾いた。

ひとつめの事件は、一九八六年（昭和六十一年）九月八日に起きている。反対派の会合が行われていた旧瑠璃町の料亭Aで、賛成派に転んだT氏が、反対派の人間数名に暴行を受け、死亡したというもの。T氏の遺体はニュータウンの建築予定地に埋められ、翌月の十日に発見され事件が発覚した。十一日に料亭Aの経営者であるBが任意で事情聴取されるが、その日、Bは自殺した。この事件では、他に五人が事情聴取されているが、いずれも自殺してしまい、結局七人が死亡するという大惨事に発展した。

ふたつめの事件は、一九八七年（昭和六十二年）六月三日、旧御崎町の海岸で、小学四年生と小学一年生の兄弟が血まみれの状態で発見されたというもの。発見が早かったため命はとりとめたが、犯人が中学一年生の姉だったことで、大きな問題になった。姉は、「御崎町と瑠璃町の合併について弟と話していたところ口論となり、ナタで頭を数回殴りつけた」と供述し、合併問題が子供にまで悪影響を及ぼしていると、問題の早期解決が望まれるようになった。

（ウェブ戦後史「昭和の暗黒面」より引用）

目次

装画　稲垣考二「雛壇」
装幀　松田行正＋梶原恵

第一話　柏木陽奈子の記憶

1

（二〇〇二年六月二十六日水曜日）

「で、今日の帰りは何時なの？」

母親の声が、テーブルの向こうから飛んできた。刺《とげ》のある言い方ではない。突っけんどんな口調でもない。だが、こういう風に訊《き》かれると、つい、斜《はす》に構えてしまう。

「分かんない」私は答えた。

テーブルには、ヨーグルトとスクランブルエッグとトーストが並んでいる。しかし、ヨーグルトを一さじ口に運んだだけで、私はそこを立った。

「ダイエットかい？　まったく最近の子は」

祖母の声だった。祖母は、スクランブルエッグを器用にフォークで掻《か》き集めている。トーストも二枚目で、ヨーグルトはすでに食べ終わっていた。その食欲と比例するかのように、祖母は血色がよく若々しかった。その表情はどちらかというと近寄りがたい堅い雰囲気だが、しかし、その容貌は整っていた。標準より大きめの目と鼻と口が小さなキャンバスにすっきりとまとまっているという感じだ。顔の輪郭はうらやましいほどきれいな卵形だ。

これは、血筋なのかしら。私は母親と祖母を交互に眺めた。祖母の容姿を、母はみごとに受け継いでいる。しかし、その血筋は、私には届かなかったようだ。

私は、まったく、母に似ていない。


「じゃ、誰に似ているの？」

髪を編みながら、鏡の中の自分に呟《つぶや》いた。今日は、調子がいい。一度で成功した。いつもなら、三回は編み直す。少しだけ、気持ちが軽くなる。「よし」小さく気合いを入れると、今度は桜色のリップクリームを唇に押し当てる。

「隔世遺伝というのがあるって話だけど、だったら、親戚の誰かに似ているのかしら？」

そういえば、昔、親戚の誰かにそんなことを言われたような気がする。

『あなたは、………にそっくりね』

あれは、誰かのお葬式。それとも法事？　えっと……、なんの集まりだったっけ？　とにかく、黒い服を着た人が沢山いて、ご馳走《ちそう》もたくさんあって……。

私は、もう一度リップクリームを唇に重ねた。塗れば塗るほど、その桜色はくっきりと浮かび上がる。本当は、もっと明るい色が欲しいのだけど。だって、葡萄茶《えびちゃ》のブレザーには、やっぱり桜色は似合わない。……そう、このブレザーには薔薇《ばら》色が似合う。先週、ドラッグストアーで買ったあのルージュ。机の引き出しの奥に隠してある。あれなら、きっと、映える。

しかし、監視はいよいよきつくなっていた。玄関先には母と祖母が二人並んで、私を待っていた。直接口にはしないが、その視線が、私の隅々をチェックする。そして、その四つの視線が、とうとう私の唇を見つけた。そっと唇を嚙《か》み締めると、足早に靴を履く。

「いってきます」

「いってらっしゃい」

文字にすると、なんてことはない、よくある言葉。しかし、なぜか、とても重くて、鬱陶しくて、冷え冷えとしている。

私は、何か言いたげな母の顔を最後にチラッとだけ見て、玄関のドアを開けた。

『クラス会の案内が来た』

小さく折られたノートの切れ端を広げると、そこには紫のペンでそう書かれていた。

これを回してくれたのは後ろに座る〝委員長〟だった。発信元は、廊下側の一番前の席にいる、恵麻《えま》。

『クラス会？　中学校の？　行くの？』とノートの端に書くと、それを定規できれいな四角に切り取り、恵麻と二人で考案した折り方で小さく小さく折り畳み、後ろ手で〝委員長〟に回した。数分後、教室をぐるりと巡ったそれはようやく恵麻の元に届いたようで、恵麻は肩越しに視線を送ってきた。私も、微《かす》かに頷《うなず》いて、返した。

ゴールデンウィーク前までは、こんな面倒なことはしなくても、携帯電話のメールで事は済んでいたのに。もちろん、学校では携帯使用は禁じられていたが、私たちは得意のブラインドタッチで授業中でも平気でメールのやりとりを楽しんでいた。が、ゴールデンウィーク、私たちは少々ハメを外しすぎた。それが親にバレ、学校にバレ、しかし、〝五月病〟だということで大目に見てもらい、退学にも停学にもならずに済んだ。とはいえ、制裁から免れることはなく、私たちは席を引き離され、さらに私は祖母に携帯を取り上げられた。

それにしても、〝五月病〟って……。私はシャープペンシルの先を机にこすりつけた。

ただ、少し遅い時間まで街を歩いていただけなのに。そうだよ、ちょっと運が悪かっただけ。

あんなタイミングで制服警官がやってくるなんて。

「場所が悪かったね」恵麻は、言った。そのとき私たちは、電車を何度も乗り換えてはるばる池袋《いけぶくろ》までやってきていた。運が悪かったのは、そこがナンパ通りだったことだ。

「うん、それと、タイミングも」そのとき私たちは、セカンドバッグと携帯をこれ見よがしに持っているサラリーマン風の中年男二人にからまれている最中だった。

『三万でどう?』

男のギトギトした唇がそう言ったとき、私の全身からふぅと自尊心と緊張が抜けていった。

私は惚《ほう》けた顔で男を眺めた。

『みんな、やってるよ?』

煙草《たばこ》と焼肉の臭いがいやらしい、男の息。

「みんな、やってるの?」

私は、改めて、教室を見回した。二十七人の女子高校生たち。みな、規則のお下げ髪を守っている。なのに、みんなやっているの?　あんなことを?　でも、最後まではやっていないよね?　そうだよね?

昼休憩を告げるチャイムが鳴る。私は号令に従って、力なく席を立った。

「クラス会、私は行かない」

ハムサンドをいったん口から離すと、恵麻は「今日は雨が降りそうだね」というように何気なく、ぽつりと言った。

窓の外を見ると、お昼の十二時を過ぎたばかりだというのに、まるで夕闇のようだ。本当に、雨が降りそうだ。水滴の出来損ないのような細かい粒子が無数、コーヒー色の空気を漂っている。

「行くわけないじゃん」

恵麻は、ハムサンドを再び摘《つま》み上げると、パクリとかぶりついた。ハムサンドの端に、恵麻のきれいな歯形が描かれる。

私たちの付き合いがはじまったのは、三ヵ月前、つまり、ここ蘭聖学園高等部の入学式のときだった。初等部から短大までの女子一貫教育で知られるこの学園は、本来は初等部入試を一回クリアすればあとは短大までエスカレーター式で上がることができる。一方、年によっては中等部と高等部で外部一般入試があり、私と恵麻はその編入試験でここ高等部に入学してきた。この年に高等部に入学した生徒は学年全体で二十六人。このクラスは二人だけだった。

ひどく落ち着かない気分で周りを見渡していた私と、ひどく強気な視線で周りを挑発していた恵麻、二人はすぐに互いを見つけ、まるで磁石と砂鉄のように、どちらからともなく、引き寄せられた。「まさに、共依存」そんなことを言ったのは、恵麻だった。

そう、共依存。互いに寄生しあって、守り合う。でも、それはある意味戦略で、知恵だ。だって、周りは敵だらけ。というか、自分たちのほうが丸腰で敵陣に特攻してきたようなもの。そんな状況で三年間生き抜くには、共闘が必要だ。……私は、恵麻との友情をはじめはそんなふうに捉えていた。

しかし、この頃は、本物の友情を感じている。

なにしろ、二人には共通点が多かった。例えば、本人はそれほど蘭聖学園には拘《こだ》わってなかったこと、でも、家族が蘭聖学園を強く勧めたこと、そして、母親が、どちらも蘭聖学園出身だったこと。

つまり、ここに入ったのは本人の意志ではなかった。それでも、強く「行きたくない」と拒否すれば他の進路もあっただろうが、その「他」が特に見当たらなかった。

要するに、私たち、……流されやすいんだよね、結局。……そんなことを言ったのは、どちらだったか。

「クラス会っていったって。……なにするんだか」

ハムサンドを食べ終えた恵麻は、次にカレーパンの袋を乱暴に開けた。

「だって、中学校を卒業して、まだ三ヵ月だよ？　何を懐かしがるんだか」

そして、恵麻は、カレーパンを口に押し込んだ。

「そもそも、あのクラス、嫌いだったし」

私は、唖然《あぜん》とその食欲を見つめた。机の上には、ミートパイとワッフルとプリンが出番を待っている。

「ストレスによる一過性過食症よ。いつか、おさまるから」と恵麻が笑いながら自己分析する。一過性にしては、少し長すぎるような気もするけど。でも、恵麻のその細い体は少しも損なわれない。うらやましい。私は、固形栄養食をリスのようにカリカリかじりながら、恵麻の顎の咀嚼《そしゃく》運動を眺めた。


——恵麻が、そのストレスの原因を話してくれたのは、先々週だった。

「ママに、男ができた」

その言い方があまりにもさりげなかったので、はじめは、その重要性をすぐには理解できなかった。だから、私も、「お母さん、再婚するの？」とやはりさりげなく返してしまった。恵麻の父が他界していることは知っていたので、むしろ、これは良いニュースなのかと思った。でも、そのあとすぐに発表された中間テストの成績を見たとき、私は、まるで自分のことのように胃を痛くした。恵麻は、入学してすぐに行われた実力テストより学年で三十三番も順位を落としていた。

「別に、テスト結果は気にしてないよ。だって、全然勉強しなかったし」

強がりかしら？　とも思った。そして、母親に恋人ができたということを順位落ちの言い訳にしている？　とも思った。でも、どちらも違った。恵麻は、本当に成績のことなんか気にしていないようだった。今はそんな些細《ささい》なことを気にしている余裕なんかこれっぽっちもないのよ、という感じで、恵麻は毒を吐いた。

「ママは昔からなんでも私に話すのよ。愚痴や悪口、そして大人の秘め事まで、何もかも。それが、あの人の教育方針なんだって。子供とは何でも話せるフレンドリーな関係でいたいんだって。フレンドリー？　ばかばかしい」

そのきれいに整えられた眉毛をきりきりと痙攣《けいれん》させながら、恵麻。

「私は、別にあの人と友達になりたいなんて思ってないの。あの人は、あくまで母親なんだから。だから、ちゃんと親であってほしいの。凛《りん》としていてほしいの。そう思わない？」

うん、そうね。私もそう思う。親には、いつでもちゃんと親でいてほしい、親に、友情なんてはじめから期待していない。友情なら、外でいくらでも育むことができる。でも、親子の関係は、やっぱり親としか築けない。なのに、何を勘違いしているのか、うちの親も私に変に気を遣い、変によそよそしく、変に馴《な》れ馴《な》れしい。そして、変なところで、親の威厳とやらを見せつける。でも、私は親なんかにちっとも畏怖を感じないし、尊敬も感じない。

自分がこんな風にすっかり思い上がってしまったのは、きっと祖母が原因だろうと、私は分析していた。祖母は母を子供扱いしている。そのせいか、母は子供っぽく泣き虫で、親の自覚がまったく感じられなかった。

「つまり、自分の人生に自信がないから、言い訳を子供にまで聞かせちゃうのよ。そうやって安心してるんだ。考えようによっちゃ、かわいそうね。精神がまだ未熟なんだ」

恵麻は、相変わらず眉毛をぴりぴりさせて、毒を吐き続けた。

「でも、やっぱり、知らないでいたいことってあるでしょう？　自分の母親が男に溺れていく姿なんか知りたい？　聞きたくもないのに、いろいろ教えてくれるのよ。どんな男なのか、どんなふうに口説かれたのか、どんなふうに会っているか。結局、弱いのよ、あの人。自分のことを聞いてもらいたくて仕方ないの。自分のことしか考えていない。それを知らされて、人がどう思うかなんてちっとも考えていない、自分が楽になればそれでもう満足なんだ。ずるいのよ。しかも、隠し事をしない自分を世界一の善人だと思っている。もう最低」

だから、恵麻が好きだ。うまく表現できないことを、すらすらと言葉にしてくれる。私は、恵麻の口元を、半ばうっとりと見つめた。

「でも、私も相当な弱虫だね。結局、自分の家のことを、べらべらしゃべっているもん。それで、バランスをとろうとしている。うざいでしょう？」

そんなことは……、ないよ。私は、目だけで応えた。

「自分でも不思議。今までは、親友にだって、絶対にこんな話はしなかった。でも、どうしてだろう、あなたになら、話せる」

親友。恵麻は時折、この言葉を会話に紛れ込ませる。もちろん、自分のことではない。そのたびに、私の喉の奥がちりちり痛む。

恵麻の、かつての親友。

その親友とは、どのぐらい仲がよかったの？　そして、今はどうなの？

三ヵ月前までの恵麻を知らないことが、ひどく恥ずかしいことのように思える。その、〝親友〟に負けているようで。

「……恵麻はさ。中学校の頃は、どんな感じだったの？」私の口から、いつのまにかそんな質問が飛び出していた。

「え？」

恵麻は、口までもっていったミートパイを、一度、机に戻した。

恵麻の唇が、小さく歪《ゆが》んでいる。

もしかして、訊いちゃいけなかった？　中学校時代の大切な思い出を、私なんかには聞かせたくない？

私は、「ううん、なんでもない」と、慌てて取り繕った。

「見てみる？」

「え？」

「中学校の卒業アルバム」

「……本当に？」

「うん。なんだったら、今日、うち、寄らない？　ママ、たぶん……、いないから」

恵麻は、話を締め括《くく》るように、言った。

緊張が走る。恵麻の家に行くのは、初めてだ。

風の向きが変わった。窓からやってくる湿った空気には、潮の香りが混ざっている。

ここから海までは約五キロ。

目蓋《まぶた》に、相模湾のきらめきが過《よぎ》った。そういえば、最近、海に行っていない。


恵麻の家は学校からバスで二十分ほど、相模湾が一望できる山の中腹の、新興住宅地の真中にある。ここが開発されたのは十年前だ。私はそのときのことをよく覚えている。

そのとき、風邪《かぜ》か何かで幼稚園を休んでいて、母は何も言わずひたすら新聞を読んでいた。私はどういうわけかそれでも母の側《そば》にいたくて、母の横に捨て置かれていた折り込みチラシを読めもしないのに眺めていた。その中で、一番長いこと眺めていたのが、ここの分譲を宣伝するチラシだった。

「ここ、『ニューヘブンタウン』っていう名前だったよね」私は、スクールバッグを、意味もなく持ち直した。

「何？」恵麻がこちらを見た。そして、少し間を置いて、「ニューヘブンタウン。……なんか、恥ずかしい名前」と、全然関係ない方向に視線を飛ばした。私も、その視線の後を追ってみた。そこには、ちょっと色あせたオレンジ色の、房咲きのバラが群れている。

恵麻の家のガレージだった。

「やっぱり、またお出かけか」恵麻は、弱々しく吐き捨てた。そして、いつものキビキビした様子でスクールバッグの中を探り出す。「ニューヘブンか。……ある意味、ヘブンというのは合ってるかも」鍵を探し当てた恵麻は、含みのある表情で、再び私の方を見た。

「どういうこと？」

「ヘブン。天国ってことよ」

「天国……」そうだね。本当に、ここは素敵なところ。私はぐるりと視線を泳がせた。まるで、南仏の田舎町《いなかまち》のよう。もともと、リゾート地として開発されたせいね。どの家もまるでペンションのようにしゃれているし、花々は水彩画のように咲き乱れているし、吹く風はスイートバジルの香りがする。そして、視界の先に広がる相模湾。

「違う、そういう意味じゃない」恵麻は、笑った。

「じゃ、どういう意味？」

「ここに住むとね、必ず家族の誰かが死ぬんだって。だから、天国に続く街……というワケ」

「必ず死ぬ？」

「うちの場合は、ママが流産した。そして、パパが死んだ」

そう……だったんだ。私は、どう反応していいのか分からず、玄関先のトレリスに絡まるクレマチスを眺めた。

「それに」恵麻は、鍵を弄びながら話を続けた。「ここがまだ山林だった頃、死体が発見されたんだって」

「それって、もしかして――」

『エマちゃん』

が、私の言葉は、エンジン音と女性の声によって遮断された。見ると、ふっくらした女性が軽自動車の窓を全開にしてこちらに手を振っている。すぐに分かった。恵麻のママだ。え、く、ぼ、がそっくりだ。

「もしかして、そちら――」

恵麻のママは、私の名前をすぐに言い当てた。

なんだかんだ言っても、恵麻もママにはいろんなこと話してるんだ。

私は、とっておきの笑顔で、「はじめまして」と会釈した。

「あなたのお母様も、蘭聖学園出身なんですって?」

パウンドケーキとアイスティーをテーブルに置きながら、恵麻のママが質問する。私は、差し出されたアイスティーを自分の方に引き寄せた。

「はい」指先に、水滴が絡みつく。

「何年度の卒業生かしら？　もしかしたら、あなたのお母様と学校で会っているかもね」恵麻のママは、ゆっくりと瞬き、えくぼを深めた。

「六十七期生だと聞いてます」私は、意識して、低い声で淡々と答えた。

「六十七期生？　ということは、昭和五十五年に高等部の一年生ってことね。あら、残念。私、もう、卒業しているわ」

　恵麻のママはそう言うと、私の顔をしばらく見つめた。

「あなたの家って……」恵麻のママは、幼児をあやす保母さんのような口調で質問を続けた。

「あなたの家って、もしかして、料亭をやってない？」

「はい。小さな料亭ですが。でも、それは随分と昔のことで、今はもうやっていません。私が生まれてすぐに、畳んだということです」

「ああ、やっぱり……。あなたの名前を聞いて、もしかしてと思ったのよ」

「…………」私は、無言で、それでも笑みだけは浮かべたまま、ストローでグラスの中身を無闇にかき回した。

「そう。あなたが……」恵麻のママは、いたいけな小動物を見るような目で私を見た。

「あのときのこと、知っているんですか？」私は、あどけない幼児のように、返した。

「もちろん。有名な事件ですもの。あなたは知っているの？」

「はい。……なんだかんだと、耳に入ってきますから」

「まあ」恵麻のママは、さらに同情の色を瞳にためた。「……心ない人がいるものね」

「小さな街ですから」

「今は……？　どうしていらっしゃるの？」

「賃貸マンションを経営しています」

「そう」恵麻のママから、えくぼが消えた。

グラスを手にすると、私は一気に中身を飲み干した。グラスの中身が無邪気にカランコロンと鳴る。

「私だったら、あなたを蘭聖学園には入れなかったわ。あの騒ぎを覚えている人だっているでしょうに」

「曾祖母《そうそぼ》の時代からずっと蘭聖学園にお世話になっているからと、祖母が強く勧めたんです。私にはちゃんと卒業してもらいたいと、いつも言ってます」

「そう。………そうね。蘭聖学園は伝統ある素晴らしい学校だもの。この辺の女の子なら誰でもあの制服に憧れているわ。多少の、スキャンダルが過去にあったとしても、やはり娘には行ってほしい学校だわね」

多少のスキャンダル……。私は、パウンドケーキの端をフォークでえぐり取った。でも、それを口には運ばなかった。

「ごめんね」

バス停までの道のり、無言で歩いていた私たちだったが、恵麻がそっと静寂を破った。

「何が？」

バス停が見えてきた。私は少し歩調を早めた。

「ママ、あんなに早く帰ってくるなんて。計算違いだった」

嘘《うそ》。ガレージに車がないことを確認して、小さく失望したのは誰？

「でも、楽しかったよ」私は、笑いで取り繕った。「いろいろな話も聞けたしね。学年主任、今はすっかり枯れちゃっているけど、昔は色男だったんだね」

恵麻のママは、あれから蘭聖学園にまつわるいろんな話を聞かせてくれた。彼女にとっては、蘭聖学園は輝かしい思い出の宝庫のようだった。昔の写真まで引っ張り出してきて、とても楽しそうに過去を振り返っていた。

「恵麻は、お母さんにそっくりね」

恵麻がどう思うか百も承知していながら、私は言った。

「私、あんなに太ってないよ」恵麻は案の定、表情をゆがめた。「それに、あんな粘着質な性格じゃないよ。………それとも、私も粘着質なヤツ？」恵麻が、不安げに私の顔を覗《のぞ》き込む。

「ううん。恵麻はいいヤツだよ」私は、答えた。そして、「私、恵麻、大好きだよ」と付け足した。これは嘘でも世辞でもなくて、本音だった。

「ねぇ」恵麻が、その頬を私の肩に押しつけてきた。「また、遊びに来て。ママと一緒にいると、たまらない」

弱々しい、恵麻の息。私は、恵麻の指に自分の指を滑り込ませた。

「でも、恵麻は、ママのこと好きでしょう?」恵麻の指が、微かに反応する。

「うん。だから、余計、鬱陶しい」

「それ、なんとなく……分かる」

バス停に着いた。でも、時刻表を見ると、バスは行ったばかりで、次のバスまであと二十分もある。恵麻は、つないだ手に力を込めた。

「卒業アルバム」

「え?」

「私の卒業アルバム、見せるの忘れたなぁって」

「ああ、本当だ」

今の今まで、すっかり忘れていた。というか、はじめから見せる気、なかったでしょう? 当たり、とばかりに、恵麻は私の指に自身の指を絡ませた。そして、呟いた。

「中学校の頃って、……どんな感じだったの?」

「え？　私？」

「友達とか、沢山、いた？」

「うーん。まあ、それなりに」

　ユイ、アイコ、ナナコ、メグミ。この四人とよくつるんでいた。卒業式の日は、いつまでも校庭の隅でかたまっていた。そして、泣きながら別れを惜しんだ。高校に行っても、絶対、この五人で遊ぼうね。いつでも、一緒だよ。メールちょうだいね。私たちはいつでも一緒だよ。

　でも、あれから、五人で会ったことはない。先月までは頻繁にやりとりしていたメールも、今はほとんどない。

　まあ、女の友情って、こんなものか。

　……じゃ、恵麻とは？　恵麻とのこの友情も、卒業と同時にリセットされるの？

「……このままでいてね」

　恵麻が、つないだ手に力を込めた。「いつまでも、友達でいてね」

「うん」私もその手に力を込めた。

「もちろん、ずっと、友達だよ、私たち。恵麻がくれた〝永遠の友情の印〟。私、肌身離さず持っている。今も、カバンの中に忍ばせてあるの」

「ああ、あれ。……誰にも秘密にしてね。私たちだけの秘密だからね」

「うん、分かってる」

午後の六時。早送りの画像のように、みるみる夕闇が迫ってくる。なのに、バスは来ない。

どこか遠くで、耳障りな低音が響いている。

どーん、どーん、どーん、どーん。

「向こう側の山に、リゾートホテルがあるの、知ってる？」恵麻が、呟く。

「もちろん。ホテルニューヘブンだっけ？」

「あれ、壊されるみたいよ」

「そうなの？　だって、そんなに古くないよね？　ニューヘブンタウンと同時期に建てられたんじゃなかった？」

「新館はね。でも、本館は明治時代の終わりに建てられたらしいから、かなり老朽化が進んでいるんだって」

「そうなんだ」

「……ね」恵麻の頼りないまなざしが、私を見た。「夏休みになったら、たくさん遊ぼうね」

「まだ、先のことだよ」私は笑った。

「そうだけど。今から計画しておいても損はないよ。計画してる最中って、楽しくない？

……私、計画しているときが一番楽しいんだ。それだけで、満足してしまうぐらい」

恵麻の頬にえくぼが浮かぶ。

「……そうだね。計画しているときって、すごく楽しい」私は答えた。

「やっぱり？」恵麻の顔がさらに綻ぶ。「じゃ、夏休みは、ディズニーランドに行って、渋谷《しぶや》にも行って。そして、今度こそ、玉川上水《たまがわ》に行こう？　……あ、バス、来たみたい」

恵麻の視線が、ふと、上がる。確かに、低いエンジン音が聞こえてくる。バスが、この急な坂をゆっくりと下りてくる音だ。

私は、つないだ手から、そっと力を抜いた。でも、恵麻の指が私を引き止める。そして、なにか秘密を打ち明けるように、恵麻は私の耳元で囁《ささや》いた。

「あのね。……本当は、中学校のクラス会の案内を出したのはね――」

しかし、バスのエンジン音が、恵麻の言葉を掻き消した。

＋

その夜、思わぬ人から電話があった。

恵麻のママからだった。

初めに電話を取った祖母が、監視するように、後ろからちらちらこちらを見ている。

「ごめんなさいね、こんな夜遅く」

恵麻のママが、型通りにまずは謝罪からはじめる。時計を見ると、十時を五分ほど過ぎている。

「……どうしたんですか？」

なにか胸騒ぎがして、私は声を震わせた。

「あなたの話は、恵麻から毎日のように聞いているわ。大切なお友達だって」

「……はい」

「私、とても嬉《うれ》しく思っているのよ。今日も、遊びに来てくれて、ありがとう」

「……はい」

「だから、あなたなら、あの子を止められるんじゃないかって」

「……どういう意味ですか？」

「もう、誰に相談していいか分からなくて、私、ずっとずっと、悩んでいて……。あの子の心の中が全然読めなくて。なにを考えているのか、全然分からなくて。だから、今日、あなたが来てくれて、本当に嬉しかったのよ」

恵麻のママは、同じようなことを何度も繰り返した。その声は甲高く、ろれつも回っていない。……酔っているんだろうか？

「ごめんなさいね、不安を紛らわそうと、ちょっとだけ、お酒、飲んじゃった。でも、頭はしっかりしているの。大丈夫、酔ってない。だから、あなたに電話したの。……お願い、あの子を止めて」

「だから、なにを止めるんですか？」

「恵麻が、中学校の頃、……ちょっとした事件があったのは聞いた？」

「事件？　……いいえ」鼓動が速くなる。私は、受話器を持ち直した。

「そう。……ならいいの」

　恵麻のママは、ここでいったん、息を整えた。しかし、その息遣いは相変わらず荒々しく、ろれつも怪しい。しかし、恵麻のママは何かに急《せ》かされるように、言葉を繋《つな》げた。

「あの子は、まだ、あの事件を引きずっているみたいで。……ノートを見つけたのよ。あの子の机の引き出しから」

「ノート？」私は、ようやく、言葉を挟んだ。

「……殺人計画ノート」

「殺人？」

　私は、咄嗟《とっさ》に背後を確認した。そこにはもう、祖母はいなかった。十時半には床に入るのが習慣だ。もう、寝室に行ってしまったらしい。

「殺人計画ノート？」

　私は、改めて、口にしてみた。

「そう、クラスメイトたちを粛清するための計画が書かれたノートよ」

「まさか」

「本当よ」

「ただのイタズラですよ」

……そう、ただの空想。恵麻は、会話していても、いつのまにか自分の世界に閉じこもってしまうときがある。そういうときは、大概、なにか空想を巡らしているのだ。それに、恵麻は、ミステリーとかホラーとかが大好きだ。だから、そういう小説を読んでは、まるで自分が体験したかのように語ることがある。だから——。

「私もそう思って、放っておいたの。でも、あの子、実際、クラス会の準備をしているのよ」

「え？　クラス会の準備？　恵麻が？」

……案内が来たって言っていたけれど。

「……そのノートにも、クラス会で粛清を行う……というようなことが書かれているのよ」

どういうこと？　あのクラス会は、恵麻が企画していたの？

「ええ、そうなの。あの子がなにもかも準備をしていて、案内も送っているみたいなの。うちに、続々と、返事が届いているのよ」

「それで、そのノートには、どんな計画が？」

「フッ化水素酸って知っている？」

「フッ化水素酸？　なんですか、それ」

「とっても危険な薬品よ。飛沫《ひまつ》が手についただけでも肉も骨も溶かし、放っておけば死んでしまうほどの猛毒。仮に助かったとしても、付着した部分は壊死して切断しなくてはならないんだそうよ」

「……その猛毒が、どうしたんですか？」

「フッ化水素酸を使って、クラス会に集まった人たちを殺害するっていう計画が、そのノートには書かれていたの」

「でも、そのフッ化水素酸って、簡単に手に入るものなんですか？」

「ノートには、ネットで入手する方法も書かれていたわ」

「そんな危険なものが、ネットで買えるんですか？」

「そうみたい」

「それで、そのフッ化水素酸をどうやって——」

2

（二〇一四年六月二十五日水曜日）


「先生、……柏木《かしわぎ》先生？」

肩を揺すられて、陽奈子《ひなこ》はぷるっとひとつ、体を震わせた。

……えっと。ここは？

パソコンのディスプレイ、なだれ落ちそうな雑誌の山、色とりどりのペン、そして、スケッチブックに、漫画の原稿。

ああ、そうだった。ここは職場だ。

……いつのまにか、デスクに突っ伏していた。

「柏木先生、大丈夫ですか？」

声をかけてきたのは、小林《こばやし》さん。先月から仕事を手伝ってもらっている。歳は陽奈子より十歳上の三十八歳。バツイチのシングルマザー。臨時のアシスタントとして来てもらっているが、ここ最近、どうも主導権を握られている。元々は自身も漫画家で大御所のチーフアシスタントも務めていたらしく、そのときの仕事ぶりをいかんなく発揮している。……とはいっても、所詮、ここは吉祥寺《きちじょうじ》駅から徒歩二十分の古いアパートの一室。バリバリのキャリアウーマンよろしく颯爽《さっそう》と歩いても、四畳半で大鉈《おおなた》を振るうようなものだ。すぐにどこかにぶつかってしまう。それがストレスなのかはたまた不満なのか、「前の職場では……」からはじまる小林節が、ここ数日、絶好調だ。そのせいで、他のアシスタントたちから、小さな愚痴が次々入ってくる。

昨日も、古参の森本《もりもと》さんから「こんなに仕切られちゃ、どっちがチーフか分かりませんよね」と、言われた。とはいえ、森本さんがチーフということでもないのだが、本人はそのつもりだ。小林さんが来るまでは、マンパワーの管理から食事、備品の手配まで、すべてこなしていた。森本さんも陽奈子より年上で、若い漫画家を自分が支えているのだという自負が相当強い。

……正直、面倒くさい。

陽奈子は、ゆっくりと、視線を巡らせた。

今日は、三人のアシスタントが来ている。締め切りには間があるせいか、まだまだ穏やかな空気だ。が、二日後には、あと二名ほど臨時のアシスタントがやってきて、ここは修羅場と化す。修羅場は三日ほど続き、その間は、睡眠どころではない。締め切りを無事やり過ごしても、その日から次のネーム切り。

「先生、本当に、大丈夫ですか？　顔色、悪いけれど」小林さんが、再度、尋ねる。

「あ、……ちょっと、寝不足で」

言ったあと、後悔した。「私も寝不足なんですけど？」という視線が六つ、飛んできた。しかし、寝不足であることに間違いはなかった。ここ数日、眠りがひどく浅い。ようやく眠っても、悪夢で目が覚めてしまう。

それは、決まって、同じ夢だった。高校生の頃、クラスメイトだった女子生徒の夢。名前は、恵麻。

でも、どうしても、苗字《みょうじ》が思い出せない。顔も、モザイク加工されているように、あやふやだ。さらに、その子とはどうなったのかも、まったく思い出せない。

たぶん、高校時代が、自分にとってあまりいい時間ではなかったからだろう。

地元では名門の蘭聖学園高等部、とにかく、その校風にも人間関係にも馴染《なじ》めなかった。手に余る時間をやり過ごすために、昼休みも放課後も、図書室にこもっていたものだ。図書室の本はほとんど、読んだ。二年の終わりには、もう読むものがなかった。気が付くと、ノートの端に落書きしていた。それはイラストになり、ついには、漫画になった。それが今の職業につながったのだから、あの忌々《いまいま》しい三年間も、まあ、意味があったのだろう。

卒業後は、東京の大学に進み、蘭聖学園のことは思い出すこともなかった。蘭聖学園からも、よそに進学した者には用はないとばかりに、この九年あまり、一切連絡はなかった。

だが、先日、同窓会の案内が実家から転送されてきた。陽奈子は、そっと引き出しを開けた。

拝啓
皆々様にはますます御健勝のこととお慶び申し上げます。

さて、同窓会を左記のとおり開催することとなりました。

そこで久しぶりに近況などを語らいながら、仲間たちと旧交を温め親睦を深めたいと存じます。

つきましては一人でも多くの方にご出席をお願いしたくご案内申し上げます。　敬具

記

日時　六月三十一日
場所　ホテルニューヘブン

六月三十一日の同窓会。たぶん、これのせいだ。この案内状のせいで、不眠症がはじまった。その夜から、見る夢といえば、高校時代のことばかり。しかも、〝恵麻〟という名のクラスメイトの夢だ。

確かに、いた、そういう子が。高等部の外部入試で入学してきた子だ。

なのに、どうしても、思い出せない。

その子が、その後、どうなったのか。

「フッ化水素酸」

そんな言葉が聞こえ、陽奈子は振り返った。小林さんが、テレビのほうに体を捻《ひね》っている。

テレビには、午後のニュースが流れていた。

「フッ化水素酸が、……どうしたの？」陽奈子が訊くと、小林さんが得意げに、ニュースの内容をトレースした。

「フッ化水素酸に触れて、女性が亡くなったんですって。……二十八歳の女性。先生と同じ御《お》歳《とし》ですね。まだ若いのに……気の毒」

――死亡した女性は、鎌倉《かまくら》市に住むオオサキタカミさん二十八歳。就寝中に激痛で目が覚め、救急車を呼ぶも間に合わず、玄関先で死亡しました。オオサキさんの両手は壊死し、その痛みによるショックで死亡したとみられます。その後、壊死の原因はフッ化水素酸であることが分かりましたが、どのような経緯で付着したのかは、不明です。

＋

オオサキタカミ。……旧姓本田多香美《ほんだたかみ》のことだ。

先日、同窓会の案内が転送された日に、電話があった。

「案内、届いた？」

「あなた、誰？」

「私、蘭聖学園で同じクラスだった、オオサキタカミ」

「オオサキ……？」

「旧姓、ホンダタカミよ。クラス委員長をずっと押し付けられていた、押しに弱いホンダタカミ。だから、綽名《あだな》は〝委員長〟」

「委員長？　ああ……、多香美さん？」

「そう。突然、電話してごめんね。忙しかった？」

「まあ、ちょっと。……でも、どうして、ここの番号を？」

「陽奈子さんの実家に連絡して。おばあ様が教えてくれたの」

「ああ、……そうなんだ」

「最近、実家に戻ってないんだって？　おばあ様、寂しがっていた」

「まあ、色々と忙しくって」

「今は、どこ？」

「吉祥寺」

「吉祥寺？　うわー、素敵！　住みたい街ナンバーワンじゃないの！」

「といっても、駅から結構歩くのよ」

「ほんと、陽奈子さん、ご活躍ね。漫画、売れているんでしょう？　今度、ドラマにもなるんでしょう？」

「ええ、まあ」

「陽奈子さん、絵、上手《うま》かったものね。頭もよかったし」

「そんな、……ことないよ」

「私なんて、しがない、専業主婦。蘭聖短期大学を卒業したあとは、東京の商社にも勤めていたんだけれど、なんだか仕事が合わなくて、逃げるように結婚しちゃった。今はとても後悔している。一昨年、長男を産んだんだけど、ママ友の付き合いが大変なのよ。ほんと、これだったら、お勤めしていたほうが何倍もマシ」

「……そう」

「でも、とりあえずは、夫は実業家だから、年収はまあまあなんだけれど。でも、子供のことを考えたら、もっと稼いでほしいなって。……陽奈子さんは、結構、稼いでいるんでしょう？」

「……そんなこと、ないよ」

「でも、売れっ子漫画家って、億稼ぐって。……陽奈子さんも？」

「まさか！」

「でも、稼いだ分は、全部自分のお金でしょう？　結婚、してないわよね？」

「人件費やら取材費やらで、毎年赤字」

「またまた……。いい服着ていたじゃない」

「え？」

「実は、私、陽奈子さんの活躍、つい最近まで知らなかったのよ。でも、先日、テレビのトーク番組に出ていたでしょう？　あ、陽奈子さんだって、すぐ分かった。ほんと、驚いちゃった。

それで、今度の同窓会にぜひ参加してほしいって思ったの。今度の同窓会、私手伝いを押し付けられちゃったのよ。相変わらずでしょう？　こういうこと、絶対に押し付けられるのよね。でも、まあ、数少ない地元組だから、仕方ないかなって。でね、今度の同窓会は、蘭聖学園創立百年の節目にあたるから、かなり盛大になる予定。卒業生たちが千人以上は集まるかな……。だから、陽奈子さんも必ず参加してね。私の同級生なんですって、自慢しちゃうから」

「え、でも」

「もちろん、来てくれるでしょう？」

「だから」

「場所はホテルニューヘブン。ほら、あの山に建っていたリゾートホテルよ。覚えてない？」

「ホテル……ニューヘブン」

「覚えてない？　学校からバスで二十分ぐらいの、相模湾が一望できる山の中腹の、新興住宅地。その隣の山にある、リゾートホテル。卒業間際に、テーブルマナー教室で、フレンチを食べたじゃない」

「ああ。でも、あのホテル、壊されたんじゃなかった？」

「ところがね、壊すのもお金がかかるからって、放置されていたのよ。そしたら、外資系のホテルチェーンが買い取ったらしくて。今、とてもきれいになっているわよ」

「……そうなんだ」

「そうそう、テーブルマナーのときに出た、デザートの丸ごとのリンゴは、最低だったよね。丸ごとのリンゴをナイフとフォークで食べるなんて機会、あれが最初で最後だよ。……でも、メインのローストビーフはとても美味《おい》しかった。陽奈子さんも、にこにこ笑いながら、食べていたよね」

「……そうだった？」

「そのローストビーフ。同窓会にも出すようにお願いしてあるから、だから、必ず、参加してね」

そして、今日。

……あのときは、あんなに元気だったのに。いったい、なにがあったの？　多香美さん。

陽奈子は、二の腕を摩《さす》りながら、歩道橋の階段をのぼっていた。

あのニュースを聞いてから、居ても立っても居られない気分になり、「ちょっと猫に餌をやってくるね。背景の描き込み、お願いします」と言い残し、鍵だけを持って、外に出た。

自宅は、仕事場として借りているアパートから徒歩一分ほど。道路を挟んで、向こう側のマンションだ。

こういうときは、外の空気を吸うのが一番だ。脳も体も、リラックスさせないと。

しかし、今日は、リラックスからはほど遠い、生憎《あいにく》の天気だった。

水滴の出来損ないのような細かい粒子が無数、コーヒー色の空気を漂っている。

頭上から、笑い声が聞こえてくる。たぶん、女子高校生たちだろう。近くに高校がある。この時間になると、大量の生徒たちが校門から吐き出され、そのうちの何十人かが、この歩道橋を渡る。

しかし、今はそんなことより、先程のニュースのことが気になって仕方がない。

多香美さんが……亡くなった？

あの、多香美さんが？

まさか、……〝六月三十一日の同窓会〟と関係があるの？

＋

体が、浮いた。はじめはそう思った。が、次に、酷《ひど》い眩暈《めまい》のときのように、世界が、ぐるりと回った。

自分が、どのような状況に追い込まれたのかを知るには、少々の時間が必要だった。

落ちた。

歩道橋の階段から、転落した。

覚えているのは、あと三段で上り終えるというところで、なにか人の気配を後方に感じ、それを避けようとして、体を捻ったところまでだ。

誰？　誰かが、なにかをまくしたてている。……小林さん？　ああ小林さんじゃない、どうしたの？　漫画は？　頼んでおいた背景は、もう描き終わりました？　ね、小林さん——

次に、高校生たちのざわめき。

「やだ、うそ」

「落ちた、女の人が落ちた」

「どうしよう、どうしよう」

そのノイズを聞きながら、「恥ずかしい」という思いがまず浮かんだ。女子高校生というのは残酷だ。きっと、無様な姿を見て、指をさして笑っているに違いない。または写メに撮って、ネットにアップするかもしれない。

とにかく、ここからすぐに立ち去らないと。

陽奈子は、体を起こそうと、頭を上げた。が、そこに広がるのは真っ赤な海。真っ赤な海だなんてなんて陳腐な表現、こんな表現使ったら、担当の編集者にダメ出しを食らう。

……そんなことを思ったのも束《つか》の間《ま》、陽奈子の視界が暗転した。

それからは、聴覚だけが頼りだった。

ラジオドラマを聴いているようだと思った。まるで、現実感がない。自分とはまったく関係ない、遠い世界の出来事。

「救急車を呼んで！」

「警察も」

「どうしよう、血が全然止まらない。マジで、ヤバい」

「息している？」

「早く、救急車、来てよ！　ヤバい、ヤバいよ！」

「あ、警察が、来た」

「聞こえますか？　動けますか？　どうしたのですか？」

「歩道橋の階段から落ちたんです」

「目撃していたんですか？」

「はい、見てました」

「誰かに押されたとか？」

「分かりません。ただ、気が付いたら、この人、落ちてました！」

「聞こえますか？　警察です。あなたのお名前は、なんですか？」

3

　私の……名前？

　私の……名前は——

「陽奈子さん。どうしたの？」

「え？」

「集中しないと、リンゴ、ちゃんと切れないよ」

　見ると、白い皿に丸ごとのリンゴがひとつ。そして、両手にはフォークとナイフ。

　さらには視線を巡らせると、そこは、レストランのようだった。

　白いテーブルクロスがかけられた丸テーブルが、沢山並んでいる。

　が、どのテーブルにも、人はいない。

「みんな、遅いね」

　さきほどから話しかけているのは、一人の少女だった。でも、顔はよく分からない。照明のせいか、輪郭だけはなんとか捉えられるのだが、そのディテールがまるで摑《つか》めない。

「まあ、私たちが、ちょっと早すぎたのかもしれないけれど。六月三十一日は、まだ先なのに」

「……ごめんなさい。……ここからだと、よく見えないの。……あなた、誰？」

「私？　いやだ、私のこと、忘れたの？　〝委員長〟よ」

その顔が、突然、目の前に現れた。

その顔。……見覚えがある。ああ、そうだ。確かに、〝委員長〟だ。

「委員長？　でも、あなた……」

「あ、ちょっと、待って。なにか、聞こえない？　靴音がしない？」

「え？」

「誰かが、来たみたい。……気の早い人が、もう一人。誰かしら？　サキホかな？　ユイコかな？　ユキノかな？」

「……どういうこと？　ここは、どこなの？」

「だから、ホテルニューヘブンじゃない」

「ホテルニューヘブン？」

「ね、この靴音、誰だと思う？　……今度は誰が、……死んだと思う？」

第二話　松川凜子の選択

「あ、ちょっと、待って。なにか、聞こえない？　靴音がしない？」

「え？」

「誰かが、来たみたい。……気の早い人が、もう一人。誰かしら？　サキホかな？　ユイコかな？　ユキノかな？」

「……どういうこと？　ここは、どこなの？」

「だから、ホテルニューヘブンじゃない」

「ホテルニューヘブン？」

「ね、この靴音、誰だと思う？　……今度は誰が、……死んだと思う？」

「……死んだ？」

「あ。靴音。止まった」

1

私は、その扉の前で、靴を止めました。

観音開きの、木の扉。あからさまな、西洋趣味。そのあざとさが、逆に和製であることを暴露しているような。厳格さと重厚さと古さを演出しているけれど、アンティーク加工を施したインチキ家具のようないかがわしさ。

でも、その金色の取っ手はひどく魅力的でした。

ついつい、手が伸びてしまうほどに。

そう、私は、ホテルニューヘブンにいました。

新しいのか古いのか、よく分からないホテル。大きいのか小さいのかもよく分からない。

この曖昧な印象は、その構造そのものに原因があると思われました。

フロントに大きく掲げられた見取り図によると、そのホテルは本館から三号館まであり、さらに離れというものまでありました。見取り図からは、後先考えず目先の都合だけで増築したというい加減さが伝わってきました。本館と二号館は直接つながっておらず、まずは本館の三階まで行って三号館に渡り、さらに三号館の四階に行って、離れを経由して二号館に行くという具合です。動線といったものを一切無視し、常識にも逆らったこの作りのせいで、直感だけではまず、目的地にたどり着くことはできません。

しかし、私にはそれがお気に入りでした。

行っても行っても、目的地が逃げ水のように遠ざかっていくような、酩酊《めいてい》感。足元が崩れ落ち別世界に引きずり込まれるんじゃないかという、畏れ。これらの感覚は、私にある種の快感を与えてくれたものでした。

そのとき、私は、小学校の三年……いえ、四年生になったばかりでしょうか。

塾に行く前、このホテルに立ち寄り、迷路を楽しむのが習慣になっていました。

宿泊客ではない人も自由に出入りができたのです。本館と二号館にあるレストランとカフェ、そしていくつかのショップに客を呼び込むために、広く開放されていたのです。

私は、二号館にあるベーカリーショップの常連でした。お目当ては、ベーグルサンドとアップルパイ。その二つを食べれば、夕飯などはまったく必要ありませんでした。カバンの中には、同居する父方の祖母が持たせてくれたお弁当。が、その中身をごっそりと捨て去っても、私は、ベーグルサンドとアップルパイを求めずにはいられませんでした。もちろん、お弁当の中身を捨てるなんてことはしたことはありません。塾の中休み、私はそれをぺろりと平らげていました。

そのせいか、当時の私は、まるまると太っていました。〃ハッカイ〃などという不名誉な綽名まで、頂戴していました。言うまでもなく、〃ハッカイ〃の由来は、猪八戒《ちょはっかい》です。

思えば、私は物心ついたころから、太っていました。なにかと忙しい母に代わって祖母が私の面倒を見ていたのですが、……どの世界のおばあちゃんも皆そうであるように、私の祖母も、孫にひどく甘かったのです。私が欲しいというものは何でも与え、私が欲しがらなくとも、孫の欲望に点火するのが自分の務めとばかりに、祖母は魅力的な品々を私の目の前に並べるのでした。特に、食べ物に関しては、病的なほどでした。「戦争中に食べ物でとても苦労したの。あんな苦労を孫にはさせたくないわ」というのが、祖母の口癖でした。二十四時間、食卓にはなにかしら料理が並び、食器棚の中はさながらお菓子の家。冷蔵庫の中は……、言わずもがなですね。

あの頃の私の状態をストレートに表現するならば、ブロイラーでしょうか。それともフォワグラ用のガチョウでしょうか。いずれにしても、グロテスクな状態です。でも、祖母も私も、なんの疑問も罪悪感も持つことなく、飽食の限りを尽くしていました。……いえ、それは正確ではありませんね。飽食の虜《とりこ》になっていたのは私だけで、祖母はむしろ、粗食を貫いていました。生来、胃が小さいのだと、祖母はよく言っていました。

そんな祖母が、月に一度、必ず参加する会合がありました。

蘭聖学園卒業生有志による、懇親会です。

祖母は、当時、蘭聖学園で非常勤講師をしており、礼儀作法及び茶道の指導をしていました。ちなみに、祖母自身も蘭聖学園の卒業生です。

その懇親会のメンバーは、十人ほどでしたでしょうか。卒業してからも地元に残り、かつ、商売をしている人たちで、さらに同じ志を持つ婦人たちで作られた、自然発生的な会だったと記憶しています。そう、いわゆる〝仲良し倶楽部《クラブ》〟。〝鈴蘭会〟という名前でした。祖母は、〝鈴蘭会〟の幹事を任されており、毎月行われる食事会の企画そして準備に、プライベートな時間のほとんどを捧《ささ》げていました。

蘭聖学園とは、私が生まれ育った地元では、ある種の憧れの念をもって語られる私学です。初等部から短大までの一貫教育を謳《うた》っていますが、そのはじまりは、一九一四年、地元の婦女子を集めた修練施設だったと聞いています。一九三五年、高等女学校として認可され、戦後、現在のような一貫校の礎ができました。

年号までよく覚えていると、思っているのでしょう？

だって、私も、蘭聖学園の出身じゃないですか？

蘭聖学園の生徒は、初等部からその沿革を叩《たた》きこまれ、暗唱させられるんです。といっても、私の場合は、中等部からですが。ですから、大変でしたよ？　中等部に入学して真っ先にさせられたのは、沿革の暗記。分厚い本を渡され、その中身を徹底的に覚えさせられたものです。暗記に苦労する私の姿を見て、祖母はよく言っていました。

「初等部から行かせればよかった」

それを聞くたびに、チョコレートを包む銀紙を間違って奥歯で嚙みしめたような、なんともいえない気分になったものです。

私だって、そうしたかったですよ？

でも、受験に失敗して、仕方なく、公立の小学校に行ったんです。

母がいけないんです。

母が、面接に遅れてしまって。初等部の受験は、子供本人の成績よりも、保護者の資質をジャッジするものなんです。だから、どの親だって、必死なんです。面接のために、何年も前から準備を怠りません。なのに、うちの母ときたら。面接当日、急な仕事が入ったからと言って、私と父だけ会場に行かせました。必ず、時間に間に合うように行くからと。でも、案の定、母は遅刻してきました。その髪はふり乱れ、服は汗まみれ、いったいどんな泥道を歩いてきたのか、靴はドロドロ。それだけでも心証が悪いのに、面接官の質問に、的確に応えることもできなくて。……ホント、うちの母はまったくダメなんです。母親失格です。

母の職業ですか？

母は、ただの専業主婦ですよ？

ただ、母は、実家の店を手伝っていました。

コンビニエンスストアです。

もともとは、大正時代から続く酒屋だったそうですが、私が三歳の頃に、ある大手コンビニのフランチャイズに加盟したそうです。みんなに反対されたそうですよ。でも、母の兄……私には伯父《おじ》にあたる人が、ほとんど独断で、コンビニにしちゃったそうです。

コンビニのオーナーって、大変みたいですね。家族総出で、二十四時間、対応しているようでした。それで、うちの母も嫁に行ったにもかかわらず、事あるごとに駆り出されていたというわけです。

この面接の日も、バイトの子が突然お休みしちゃったらしくて。代わりのバイトが来るまで、店番をすることになったそうです。……と、母は弁明していましたけれど、私は納得できませんでした。そもそも、突然休むような子をバイトとして雇っているのが問題ですし、突発的な問題が起きたときの対処方法を日頃からシミュレーションしていないところが、元凶です。そう、あの一族は、商売に向いていないのだ。だから、前の酒屋だって傾いてしまった。まったく、ぼんやりとした一族だ。……と、祖母はよく愚痴を零《こぼ》していました。嫁がちょくちょく実家に行くのが気に入らない祖母は、母を非難するときは、その先祖も含めた〝一族〟まるごとやり玉に挙げるのが常でした。

そのせいか、私は小さい頃から、母方の親戚にあまり思い入れがありません。もちろん、何回かあちらの家に行くことはありましたが……なにしろ、隣町、電車で三駅向こうの街に彼らは住んでいましたので、まったく顔を出さずに済ませるわけにはいかなかったのです。あちらには従兄弟《いとこ》も何人かいましたが、数えるほどしか会ったことありませんし。ちなみに、父方には従兄弟はいません。そう、祖母にとって、私こそが、たったひとりの孫だったんです。

……えっと。なんの話をしていたんでしたっけ？

ああ、そうでした。ホテルの話でしたね。

ホテルと言っても、もともとは旅館だったそうです。

箱根《はこね》に富士屋《ふじや》ホテルというのがありますよね？　それを真似《まね》て、作られた旅館だそうです。まあ、はじめは、富士屋ホテルのような、和洋折衷《わようせっちゅう》の豪華で格式高いホテルにしたかったのでしょう。当初のコンセプトの名残《なご》りが、あちこちに見受けられました。

その扉が、まさにそうでした。

アールデコのような、ロココのような。はたまた、バロックのような。とにかく、日本人がイメージする西洋趣味をすべて盛り込んだというような、意匠でした。

私が、その扉の前まで来たのは、そのときが初めてでした。いつものように、二号館のベーカリーショップに行く途中でした。どこでどう間違えたのか……たぶん、本館から三号館を経て離れに渡るとき、階数を間違えたんだと思います。そのとき、私、なにか考え事をしていまして……たぶん、テストでいい点数がとれなくて、それをどう祖母に言い訳するか、そんなことを考えていたんだと思います。

いずれにしても、気が付けば、その扉の前にいました。

扉そのものは安っぽいものでしたが、その金色の取っ手だけはピカピカと綺麗《きれい》で、考えるより早く、私の手はそれを握りしめていました。

そのとき、話し声がしました。

そもそもが、本当に安い素材で作られているんでしょう、中の会話が丸聞こえでした。

「なんてことでしょう。そんなものが生徒たちの間に出回っているなんて」

「子供にありがちな、ただの悪戯《いたずら》だとは思うんですが」

「悪戯だとしても、悪質です」

「エリザベス・アケイリス様の崇高な志を、こんな形で穢《けが》すなんて……」

「次の総会のときに、議題にとり上げましょう。次の六月三十一日は――」

「まだ、先の話です。それまで待てません。早速、なにか対策を。……お仕置きが必要かもしれませんね」

聞き覚えのある声も混ざっています。

祖母の声です。

そういえば、その日、学校から帰ると祖母は家にいませんでした。お弁当と「出かけてくるね」という走り書きが食卓に置いてあるだけでした。

ああ、もしかしたら、例の〝鈴蘭会〟の会合？

私は、無邪気な好奇心に押される形で、扉を少しだけ、開けてみました。

そこは、二十畳ほどの個室でした。

百合《ゆり》の紋章を鏤《ちりば》めたローズピンクの壁紙が張り巡らされ、天井からは今にも落下しそうな重々しいシャンデリア。そして中央には、大きな円卓がひとつ。何人かの女性が、それを囲うように座っています。

年齢は、様々でした。私の母と同じぐらいの歳恰好《かっこう》の人もいれば……ちなみに当時、私の母は三十五歳でした……座っているのがやっとというような高齢の女性もいました。

祖母は、扉に背を向けて、座っていました。その見慣れた背中がすぐそこにあって、私は小さな声を漏らしてしまいましたが、幸い、祖母にもそして他の人にも気づかれることはありませんでした。

円卓の女性たちは、会話に夢中でした。警報が鳴ったとしても、たぶん、気が付かなかったでしょう。

当時の私には、話の詳細はほとんど理解できませんでした。ただ、なにかスキャンダルが起きて、それにどう対処すればいいか、そのことについて話し合っているのはなんとなく理解できました。

そして、〝お仕置き〟という言葉が、私の意識の深いところに刻まれたのでした。

＋

（二〇一四年八月二十六日火曜日）


「それが、柏木陽奈子さんと、どう関係するんですか？」

松川凜子《まつかわりんこ》は、今日はじめての質問をようやく口にした。

それまでは、その女性の独白に、ひたすら耳を傾けていた。

彼女は、柏木陽奈子を殺害した嫌疑で勾留《こうりゅう》中だ。すでに起訴され、二ヵ月後には裁判がはじまる。その裁判で、彼女を弁護し、量刑をできるだけ軽くするように働きかけるのが、凜子の役割だった。

凜子が彼女と接見するのは、今日が二回目。一回目は、弁護士交代の挨拶と引継ぎを兼ねた簡単なものだった。

そう。当初、彼女には、国選弁護人がついていた。が、起訴されたのをきっかけに、凜子が私選弁護人として指名されたのだった。

2

凜子にその電話があったのは、一週間前のことだ。

朝の八時。事務所には、徹夜明けの凜子しかいなかった。

「蘭聖学園同窓会事務局ですが」

相手は、まずそう名乗った。

ああ、また、同窓会のお知らせか。凜子がまっさきにそう思ったのは、自分が蘭聖学園の出身者だからだ。もっとも、高等部からの編入組でさらに高等部を卒業後は県外の国立大学に進んだので、生粋の蘭聖学園ＯＧではないが。さらにいえば、それほどのシンパシーもない。実際、蘭聖学園高等部は本命ではなく行く気はさらさらなかった。しかし、本命の県立高校に落ち、浪人するわけにもいかず、渋々、蘭聖学園高等部に入学したのだった。特待生待遇として、入学金と授業料を免除してもいいという申し出に、親があっさり折れた形だ。

中学生の同級生の中には、蘭聖学園に進学することを「羨ましい」と言ってくれた人もいたが、しかし、それは本音ではないだろう。確かに、蘭聖学園はお嬢様学校として、地元では名を馳《は》せている。が、その一方で、「金持ち馬鹿娘たちの遊戯場」という認識もされていた。偏差値はそれほど低くはないものの、時折流れる蘭聖学園の噂《うわさ》のせいで、なにかいかがわしいイメージが付きまとっていたのだ。

凜子が中学生の頃、よく耳にした蘭聖学園にまつわる話は、「妊娠」あるいは「堕胎」に関するものだった。それらは噂の域を出ない眉唾なものも多かったが、中には信憑性《しんぴょうせい》の高いものもあった。

「蘭聖学園のお嬢様は、世間知らずの尻軽だから、すぐにやれる。昨日は、三人とやった」などと豪語していた男子もいたほどだった。

そんなところ、行きたくない。凜子は入学式の前日まで、そう駄々をこねたものだ。しかし、しがない役所勤めの両親にしてみれば、入学金と授業料が免除されるというのは大変魅力的だったようだ。なにしろ、下にはあと二人、高校受験を控えている弟がいる。凜子ほどには頭の出来がよくないこの二人には、私立しか道がない……そう思いつめていた両親にとって、蘭聖学園の申し出は、まさに渡りに船だったのだ。

蘭聖学園にとっても、神奈川県学力テスト《ア・テ・ス・ト》で県内トップクラスの凜子には期待するものが大きかった。蘭聖学園から東大に進むものはまだおらず、凜子にその第一号を期待していたようだった。その期待には応えられなかったが、国立大学には進み、さらには司法試験にも合格した。

これでもう、文句はないでしょ！

司法試験を受けたのは、蘭聖学園からの呪縛から逃れるためだったのかもしれないと、凜子は今になって思う。東大に進めなかった自分に、「投資が無駄になった」「授業料泥棒」などと苦々しく思っている関係者もいるのではないか。もちろん、そんなことを直接耳にしたわけではないが、「あの子にはがっかりさせられた」という思いを抱いている人は間違いなくいる。そして、なにかにつけ「期待していたのに。残念だ」「もう少し、頑張ってくれれば」と吐き出しているに違いないのだ。そんな妄想のような強迫観念が、東大を諦めそれより少しだけ下の国立大学を受験先に決めたときから、ずっと凜子を縛り付けていた。時には、「期待外れ」「金返せ」という幻聴が聞こえることもあった。それらから解放されるためには、東大合格を上回る結果を示さなければならない。でなければ、一生、闇金の取り立てのように、あの幻聴が自分を追い込むだろう。

……とにかく、なんとしても借りを返さなくてはならない。どんなことをしても……。

そんな訳のわからない焦燥感に駆られていたのは確かだった。そして、司法試験に合格したときの、あの喜び。あれは紛れもなく「これで、ようやく蘭聖学園から自由になれる」という喜びだった。

なのに、蘭聖学園の連中は、事あるごとに、連絡してくる。そのほとんどが同窓会の誘いだ。そして、講演をしてくれというのだ。

冗談じゃない。

「前にも申しましたように、いろいろと仕事で忙しく、同窓会には――」

電話の受話器を持ち直すと、凜子はぶっきらぼうに、しかしそうとは悟られないように丁寧な言葉を選んで、言った。

「同窓会には出席できませんが、皆様にはよろしくお伝えくだ――」

「いえ、そうではないんです」

しかし、受話器の声は、凜子の言葉を遮るように、言った。

「今回は、弁護をお願いしたくて、お電話差し上げました」

「……弁護？」

「ええ、そうです。あなた、弁護士さんですよね？」

「ええ、まあ、それは」

「お引き受けいただけますよね？」

その声には、なにか威圧的な、命令口調が滲《にじ》んでいた。

蘭聖学園の数学の女教師を思い出す。

あの人もまた、こんなふうに、相手の拒否などはひとつも想定していないというような口調で、あれこれと、生徒に指示をだしていた。

もしかして、この電話の相手は、あの数学の先生？

ううん。違う。蘭聖学園の教師というのは、みな、こんな感じなのだ。

　では、この人も教師なのだろうか？　同窓会事務局の者だと名乗ったが。

「以前は、非常勤講師として、華道を少々教えていたこともありますが。今は、もうやめています」

　声の主は、もうそろそろ話の締めくくりだというころになって、はじめて名乗った。

「サカタニノリコと申します」

「サカタニ……」

「六十二期生です」

　六十二期生。これは、正式な呼び方ではない。蘭聖学園が創立六十二年目のときに、高等部に進んだ人たちのことを、仮にそう呼んでいるだけだ。というのも、蘭聖学園は、もともと高等女学校だった。昭和三十三年に中等部が併設されて、これを機に、「～期生」という呼び方を正式にはしなくなった。ついでに言うと、昭和四十二年に初等部、そして昭和四十九年に短大が併設された。

「つまり、サカタニさんは、昭和五十三年に高等部を卒業されて、昭和五十五年に短大を卒業され――」

　いやだ、いやだ。なんだって、こんなにツルツルと、計算できてしまうのかしら。すっかり、蘭聖学園の沿革が頭に入ってしまっている。凜子は、自嘲気味に、続けた。

「ちなみに、私は、七十七期生です」

「ええ、存じてますよ。あなたは、有名人ですもの。あの頃、いよいよ蘭聖学園出身の東大生が誕生するかもしれないって、同窓会では、その話題ばかりでしたもの」

凜子は顔を赤らめた。下瞼《したまぶた》が、ちりちり痙攣する。

「当時の学園長も、それはそれは、期待していましたよ」

「……すみません」

そんなつもりもないのに、ついつい、謝ってしまう。私はいつまで、こうやって、蘭聖学園の人たちに畏《かしこ》まらなければならないのか。そして、蘭聖学園の人たちは、いつまで、こうやって私を責めるのか。そもそも、学園ではすれ違ったこともない、ただ、たまたま出身校が同じだというだけの、まったくの赤の他人なのに。

『授業料泥棒』

そんな言葉が聞こえてきたような気がして、凜子は、背中を丸めた。

『まったく、あんなに学園に援助してもらいながら、あの結果。ガッカリよ』

『同じ国立大学でも、東大とは雲泥の差。そんなところに進学したって、なんの宣伝にもなりゃしない』

『挑戦して落第ならまだしも、はじめから東大を避けて、安全パイに逃げるなんて。本当に、どうかしている』

すみません！

凜子は、悲鳴のような声を上げた。

いつ出勤したのか、事務スタッフの女の子が、ぎょっとこちらを見た。

汗が、つぅぅぅぅと、首筋を流れる。凜子は、受話器を持ち直すと、言った。

「それでは、改めて、こちらからご連絡させていただきます」

「もちろん、弁護を引き受けていただけるんですよね？」

「ええ、検討いたしますが、しかし、あまりいい返事は……」

「よろしく、お願いしますね。これは、蘭聖学園の名誉にかかわることですから。国選弁護人なんて、当てになりませんもの。国選だということで、きっと、真剣に弁護しないんですよ」

「そんなことはありませんよ。私も、当番が回ってきたら、国選弁護人を引き受けておりますよ？」

「それでも、どうせ、他人事《ひとごと》ですもの。適当に弁護して、ちゃっちゃっと終わらせるつもりなんですよ。その点、松川さんは、蘭聖学園の卒業生、きっと、彼女の立場になって考えてくださると」

「その被告人、蘭聖学園の卒業生なんですか？」

「あら、先ほど、申しませんでした？」

「いえ。……被害者の柏木陽奈子さんが蘭聖学園の出身者ということだけ。……加害者も、蘭聖学園なんですか？」

「そうなんですよ。まったくもって、信じられない話ですが」サカタニさんは、語気を強めた。

「同窓会事務局にも、じゃんじゃん問い合わせの電話があるんですよ。いたずら電話も。ネットの掲示板では、あることないこと書かれて。マスコミなんかも、好奇心丸出しで騒ぎ出していて」

「ええ、そうでしょうね。なにしろ、被害者は、人気漫画家――」

「そういうことなので、松川さんには、マスコミ対応などもお願いしたいのです。あ、それと、ネット掲示板で罵詈雑言《ばりぞうごん》を書きまくっている人は名誉毀損で訴えますので、その手続きも。報酬のことは心配しないでくださいね。同窓会のほうでなんとかしますから。なにかのためにって、会費の一部をプールしてあるんですよ」サカタニさんは、一気にまくしたてた。そして、一呼吸置くと、少しトーンを落として言った。

「……ああ、それにしても、本当によかったわ。松川さんのような方が、卒業生の中にいて。さすがは、蘭聖学園期待の特待生。本当に、頼りにしていますよ」

「ええ、ですから、お返事は、改めて――」

しかし、電話は切れていた。

まったく、これだから！

受話器を叩きつけるように戻す。

「どうかしましたか？」

事務スタッフの女の子……海藤《かいとう》さんが、恐る恐る、声を掛けてきた。

「ああ、ごめんなさい。母校……」ここまで言って、慌てて言い換える。「蘭聖学園の関係者から、仕事の依頼があってね」

「お知合いですか？」

「ええ、まあ。……直接は知らないけれど」

凜子は、手元のメモをみやった。〝サカタニノリコ　62期生〟と書き殴ってある。

「どんな事件ですか？」

「殺人」

「え？　刑事ですか？　でも、先生は、民事が専門じゃないですか」

「まあ、刑事はあまり得意ではないけれど」

「それに、報酬の面からも……割に合わないですよね？」

確かにそうだが、それを理由に断るわけにはいかない。凜子は、ノートパソコンのスクリーンセーバーを解除した。

「先生は他に、面倒な仕事をいくつも抱えているのに」

そう。顧問弁護士を務めている会社に不祥事が発覚した。その処理に、今日も徹夜だった。首の凝りをほぐしながら、凜子は検索サイトにキーワードを入力した。

「それで、どんな事件なんですか？」

海藤さんは、最初の質問を繰り返した。その眼は、心なしか、輝いている。その自慢のえくぼも、いつもより深い。なんだかんだいっても、刑事事件は、人の好奇心を大いに揺さぶる。しかも、殺人だ。その詳細を知りたいと思うのが人情だ。

「……二ヵ月前、柏木陽奈子さんっていう人が――」凜子が応えると、

「やだ、陽奈子さん？」海藤さんの眼が、ますます輝く。「漫画家の、柏木陽奈子？ 二ヵ月前、亡くなった、柏木陽奈子？」

「そう、その柏木陽奈子さん」凜子は、海藤さんの圧を押し戻すように、言った。「彼女を殺害した人を弁護するように、依頼があったのよ」

「柏木陽奈子って、……殺されたんでしたっけ？ 歩道橋から転落したって聞いたけれど」

「第一報では、そうだったみたいね」

ノートパソコンのディスプレイに、凜子は焦点を合わせた。〝人気漫画家、転落〟という見出しの記事が、表示されている。

「でも、目撃者が出てきてね。柏木陽奈子は、歩道橋で突き落とされたんだって。それで、逮捕されたのが、彼女」

ディスプレイには、ある週刊誌にすっぱ抜かれた、犯人の顔。凜子は、ノートパソコンの向きをくるりと変えると、海藤さんの目の前に突き出した。

「この人が、……殺したんですか？」海藤さんは、好奇と嫌悪の入り混じる眼差《まなざ》しで、その顔

を見つめた。「……この人、誰なんですか?」

3

本当に、この人は何者なんだろう。まったく掴みどころがない。

アクリル板の向こう側に座るその女性を、凜子は改めて眺めた。

しかし、私もとんだお人よしだ。結局、弁護の依頼を引き受け、こうして、接見に来ている。

あれから、数人から電話があった。すべて、蘭聖学園の卒業生で、どの人も、「弁護の件、お願いしますね!」と、拒否を許さない口調で、念を押した。

そんな命令に従う義理もなかったが、しかし、凜子には『授業料泥棒』の負い目もある。なにより、凜子自身が、この事件に縁を感じていた。

はじめは、転落死ということで、事故で処理された。それが急展開したのは、目撃者の存在なのだが。

「私は、悪くないです」アクリル板の向こう側、彼女は言った。「私は、無実です」

「でも、あなたは、自白したんですよね? 自分が突き落としたって」

「ええ。逮捕されて、留置場に入れられたときは、本当にそう思ってしまいました。私が犯人なんだと。だから、警察の人が言うことにすべて、『はい』と答えてしまいました」

「自白を強要されたってこと？」

「……そのときは、本当に自分が犯人だと思い込んでいましたから、特に強要はされてないいんですが」

「……供述調書では、日頃から、柏木陽奈子さんに強い恨みを抱いていたとありますが」

「強い恨みというと、ちょっと違いますが。あまり、よくは思っていませんでした。だって、あの子、私のこと、覚えてなかったんですよ？」

「柏木陽奈子さんとあなたは……以前に会ったことがあるんですか？」

「ええ、あの子が蘭聖学園の高等部のときに」

「ああ、そうなんですか」

「なのに、あの子、私のこと、覚えていなかった」

「あ……。動機は、それですか？」

「動機？」

「ですから、柏木陽奈子さんを突き落とした――」

「私は、ただ、ちょっとショックだっただけです。ああ、この子、本当に覚えてないんだな……って」

「なるほど。いずれにしても、〝強い恨みを持っていた〟と〝よく思っていなかった〟では、いますから」

かなり違ってきますよ？　検察は、〝強い恨みを持っていた〟というところを突いてくると思
「訂正することはできますか？」

「ええ。裁判で、不同意とすることはできます。……というか」

凜子は、アクリル板の向こう側の、その顔をまじまじと見つめた。

焦点が合っていないその瞳は、どこまで真実を映しているのか。

「あなたは、〝無実〟だとおっしゃいましたが――」

「ええ、そうですよ。私は、〝無実〟です」

「では、裁判では、これまでの供述をすべて覆して、〝無罪〟であると主張すると？」

「ええ、もちろん。私、戦います。頑張ります。だって、私、これでも母親ですよ？　娘のことが心配です。娘を犯罪者の子供なんて呼ばせたくありません。ですから、弁護士さんも頑張ってくださいね。私を無実にしてくださいね」

「しかしですね――」凜子は、ここで言葉を詰まらせた。

アクリル板の小さな穴から、熱気のような息が、吹き込んでくる。その息は少々臭く、凜子は、微かな吐き気を覚えた。

「私は、無実なんです。本当です」

彼女は、繰り返した。凜子は、その臭いから逃れるように、少し、身を引いた。

「しかし、ですね」凜子は、喉に力を込めると、一気に言葉を繋いだ。「あなたが、柏木陽奈子さんを突き落としたのを目撃した人は、何人もいるんですよ？　名乗り出たのは三人ですが、実際はもっといるでしょう。なにしろ、現場の近くにある高校の下校時間でした。何十人という生徒が、あの歩道橋を渡って、そして、見ているんです。目撃者の一人は言いました。……はじめは、何が起きたのかよく分からなかった。気が動転して、救急車を呼ぶのがやっとだった。でも、その人が死んだと聞いたとき、もしかしたら自分はとても重要なものを見てしまったのではないか。いや、目撃したのだ。……そう、あのとき、あの人は確かに、誰かに突き落とされた。ここまで考えたとき、ひどく恐ろしくなり、自分はどうすればいいのかすぐには分からなかった。警察に行くべきか？　いや、でも、もしかしたら、あれは、目の錯覚かもしれない、それとも幻覚かもしれない」

「じゃ、幻覚だったんじゃないですか？」

「違います。その人と一緒にいた友人たちも目撃していました。ただ、その人と同様、はじめはなかなか、警察に行く勇気がでなかったようです。でも、このままではいけないと、三人で話し合って警察に届けたんです」

「そうですか。だから、私、すぐには逮捕されなかったんですね」

アクリル板の穴から、生暖かい息が、ねっとりとした粘り気をまとって、吹き込まれる。しかし、凜子は、今度は怯《ひる》まなかった。

「私は、あなたの弁護人です。だから、あなたを守る義務があります。でもそれは、あなたが真実を言っているという前提のもとでです」

「私は、嘘は言っていません。……ええ、確かに、私は、柏木陽奈子を、突き落としましたよ？」

「ですから！」凜子は、一瞬腰をパイプ椅子から浮かしたが、しかしすぐに戻した。「……え？突き落とした？」

「はい、そうですよ。それは、確かです」

「でも、あなた、さっきは、無実だって」

「そうです。私は、〝無実〟です。罪はありません。だって、あれは、〝お仕置き〟だったんですから」

「……お仕置き？」

「そう。あの子は、お仕置きを受けなくてはなりませんでした。だって、私、見たんです。あの子のもとに、〝六月三十一日の同窓会〟の案内状が来たのを。それはきっと、蘭聖学園の秘密を暴露しようとしたからなんです」

「意味がよく呑《の》み込めませんが。……分かるように、説明してもらえますか？」

4

――精神鑑定を請求したほうがいいかもしれない。

「精神鑑定?」

事務スタッフの海藤さんが、こちらを振り返った。

どうやら、頭で考えていたことが、つい、口から洩《も》れてしまったようだ。凜子は、咄嗟に、手にしていた薬を口の中に放り込んだ。

「精神鑑定って。……被告人、どこかおかしいんですか?」

海藤さんは、好奇心たっぷりの視線で、無邪気に質問を繰り出した。

「まあ、……おかしいというか」

話の内容が出鱈目《でたらめ》で、現実味がない。まるで、シュールレアリスムを意識した、幻想映画でも見ている感じだ。

――柏木陽奈子は、お仕置きを受けなくてはならなかったんです。

その一点張り。

その理由を訊くと、

——だって、あの子は、裏切り者なんだもの。

裏切り者？　どういうことですか？

——だって、あの子、蘭聖学園をモデルにして、新しい漫画の連載をはじめようとしていたんです。

それが、裏切りなの？

——そうです。蘭聖学園の品格を傷つけるような行為は、決して許されないんです。だから、始末をつけなくちゃ、いけないんです。

始末をつける？

——はい。だって、そのために〝鈴蘭会〟はあるんですから。蘭聖学園の名誉と品位を守るため、不良品を探し出し、そして排除するのが、役割なんですもの。……もっとも、私がそれを知ったのは、ずっと後のことなんですけれど。祖母が亡くなるときに、私が祖母の後を継ぐように言われたんです。そう、ですから、私も、〝鈴蘭会〟のメンバーなんですよ？　……あ、信じてませんね。〝鈴蘭会〟は本当にあるんですよ？　そして、お仕置きが必要な生徒やＯＧには、案内を送って、召喚するんです。だから、柏木陽奈子にも、案内状が届いたんですよ。私、それを見て、覚悟を決めたんです。柏木陽奈子をお仕置きしなくちゃって。私がやらなくちゃって。先生も気を付けてくださいね。同窓会の通知が来たときはその日付をちゃんと確認してくださいね。

その後も、彼女は語りつづけた。それは、とりとめのない話で、聞いているほうが、頭がおかしくなりそうだった。

——先生には、期待していますよ。必ず、いい結果を出してくださいね。今度こそ、みんなの期待に応えてくださいね。

もう、たくさん！


「先生？　どうされました？」

事務スタッフの海藤さんが、マグカップ片手に、困惑した面持ちでこちらを見ている。

ううん、なんでもない。凜子は無理やり笑みを浮かべると、手にした書類に改めて視線を落とした。

そこには、被告人に関する情報が箇条書きでまとめられている。

名前、小林友紀《ゆき》。

昭和五十一年、旧相模郡瑠璃町に生まれる。父親は県庁の公務員。母親は専業主婦。

平成元年、蘭聖学園中等部に入学。平成九年、短大を卒業。同年、漫画家デビュー。が、売れず、専らアシスタント業に従事する。平成十年、飲食業の男性と結婚。平成十二年、長女出産。平成十五年、離婚。しばらくは、瑠璃市の実家に長女とともに身を寄せる。平成十五年、蘭聖学園の学園祭に、現役漫画家という触れ込みで、講演会を行う。そのときに、高等部に在学中の柏木陽奈子と会う。……平成二十二年頃、長女を実家に残し、ひとり上京。柏木陽奈子のデビューとそのヒットに触発され、自身も漫画家として再起を図るが、結局、アシスタント業に落ち着く。平成二十六年、出版社の編集者の紹介で、柏木陽奈子のアシスタントとなる……。

「なのに、あの子、私のこと、覚えていなかった」

小林友紀は、怒りを滲ませて、そう言った。

やはり、裁判では、この点を強調したほうがいいだろう。凜子は、マーカーを握りしめた。自分の後輩である柏木陽奈子に対する妬みと、そして、自分のことを覚えていなかったという屈辱。これらの思いが複雑に絡んで、日々、募っていった。そして、あの日、衝動的に、その体を押してしまった。未必の故意でなく、認識ある過失。つまり、歩道橋の上でその背中を押したならば重大な事故につながることは認識していながらも、その死までは認容していなかった。よって、殺人ではなく、傷害致死。そう、殺人ではない。なにしろ柏木陽奈子は、歩道橋から突き落とされてから、丸一日は生きていたのだから。そう、あるいは怪我《けが》だけで済んでいたかもしれないのだ。直接の死の原因は、……他にあるのだ。

傷害致死が認められれば、あるいは、執行猶予も勝ち取れるかもしれない。

よし。やはり、この線で行こう。

一時は、精神鑑定も考えたが、仮に精神鑑定で責任能力が認められずと判断されたとしても、それは、名ばかりの「無罪」を言い渡されるだけで、その後、無期限の入院生活が待っているだけだ。そうなれば、小林友紀の社会復帰は難しい。

ならば、淡い希望だけれど、執行猶予を取りにいったほうが賢明ではないか。

凜子は、書類にマーカーで、「認識ある過失」と書き殴った。

やれるかもしれない。

凜子は、机の端にある薬ケースを引き寄せた。

5

（二〇一五年四月十六日木曜日）

「被告人を懲役二年六ヵ月に処する」

凜子の頬が、みるみる紅潮する。膝の上に置いた両手が、自然と拳を作る。

やった！　さすがに〝執行猶予〟は無理だったけれど、でも、上等だ。

しかし、証言台に立つ被告人の顔は青ざめて、まるで道端の地蔵のように、こり固まっていた。

傍聴席からも、落胆の溜め息《たいき》が漏れた気がした。

見ると、その傍聴席のほとんどは、女性だった。たぶん、蘭聖学園の関係者だろう。

『まったく。また期待外れ』

『無罪を勝ち取ってほしかったのに』

『それだけの報酬は払ってきたのに』

『あの人は、また、私たちの期待を裏切ったわ』

『そもそも、志が低いのよ。いつでも、安全パイばかり選んで』

『私には、とてもそんな真似できないわ。蘭聖学園の生徒ならば、果敢に挑戦するのが道理でしょう？　「正しくあれ」、校訓でもそう謳っている』

『本当に、あの人には、ガッカリよ』

『授業泥棒の上に、報酬泥棒だなんて』

『ほんと、あの人は、泥棒だわ』

『泥棒』

『面汚し』

『恥知らず』

『死んでしまえ！』


やめて、やめて、やめて！

（二〇一五年五月二十日水曜日）


「先生、どうされました？」

事務スタッフの海藤さんが、心配顔でこちらをうかがっている。

凜子は、深く息を吸い込むと、姿勢を正した。

「ううん、なんでもない。ちょっと、疲れが出ちゃって」

「例の裁判の疲れが、まだ抜けてないんですね。あの裁判、ほんと、大変だったもの。……でも、私、今回のことで、ますます先生のシンパになりました。だって懲役二年六ヵ月ですよ？

凄《すご》いことですよ！　先生じゃなければ、絶対無理でしたよ。先方も、さぞ、喜んでいるでしょうね」

「そうでもないわよ。役立たずって、詰《なじ》られたわ。自分は〝無実〟なのにって」

「でも、……結局は控訴しなかったじゃないですか」

「ええ。説得に時間はかかったけどね。なんとか、納得してくれた」

「そりゃ、そうですよ。控訴なんかしたら、かえって罪が重くなる可能性だってあるんだから。懲役二年六ヵ月で妥協すべきです。というか、人を殺しておいて二年六ヵ月の懲役で済んだんだから。超ラッキーですよ」

「ラッキーだなんて……。人が亡くなっているのよ？」

「あ、そうですよね。……すみません、不謹慎でした」

「言葉には、気を付けてね。あなたも、いずれ、司法試験に挑戦するんでしょう？」

「前はそのつもりでしたけれど、もう、諦めました。ロースクールも、もう辞めようかなって」

「なんで？」

「ほら、今って、弁護士になっても、いろいろ大変じゃないですか。先生のように順調に稼げるならばいいんですけど、……年収百万円って人もいるんでしょう？　そりゃ、もちろん、凄い収入の人たちもいるだろうけど。でも、私なんか、弁護士になっても、絶対、底辺。そう考えると、もっと違う道を模索したほうがいいかなって」

「なに言っているの。そんな低い志でどうするの」

『志が低いのは、あなたのほうでしょう』

え？

『東大を早々に諦めて。その実力があるくせして、楽な方を選んだ』

違います！　東大は、もともと無理だったんです！　家の経済状態を考えれば浪人も私立大も無理だったんです！　だから、確実に合格する大学を選んだだけです！　私の選択は、間違っていません！

『今回もそう。小林さんは無罪を希望したのに、あなたは無理やり、罪を認めさせた』

無罪なんて、無理です。あんな状況で、無罪なんて、絶対、無理です！

『ほんと、あなたには、ガッカリ』


「先生？　本当に、大丈夫ですか？」

海藤さんの顔が、ひどく歪んでいる。

凜子は、頭を数回振ると、再び、深く息を吸い込んだ。

「いつもの、耳鳴りよ。仕事がひと段落すると、必ず出るの。片頭痛のようなものね。……大丈夫、薬を飲めば、すぐに治まる」

そして、凜子は、薬ケースを引き寄せた。

「先生、お薬、さっきも、飲んだばかり……」

「あら、そうだった？」

「はい。五分程前と、……十分程前にも」

「そう？　でも、大丈夫よ、これ、そんなに強くない薬だから」

「でも」

「お医者さんにちゃんと処方してもらったものだから、大丈夫よ。……本当に軽い薬なのよ。物足りないぐらい」

「そうですか？　……あ、そうだ。これ、今日届いた郵便です。ご確認、お願いします」

それらは、いつもの、見慣れた封筒の束だった。

が、一枚だけ、見慣れないものがあった。

それは、和紙でできた、案内状だった。なにか、いい香りもする。

凜子は、もうひとつ薬を口に含むと、それを引き抜いた。

拝啓
皆々様にはますます御健勝のこととお慶び申し上げます。

さて、同窓会を左記のとおり開催することとなりました。

そこで久しぶりに近況などを語らいながら、仲間たちと旧交を温め親睦を深めたいと存じます。

つきましては一人でも多くの方にご出席をお願いしたくご案内申し上げます。敬具

記

日時　六月三十一日
場所　ホテルニューヘブン

第三話　鈴木咲穂の綽名

1

（二〇一四年六月二十三日月曜日）

西新宿《にししんじゅく》NLビル二十三階、松川凜子法律事務所。

「あなた、八十九期生なんですか？」

そう質問されて、私は視線を落としたまま「はい」と小さく答えた。

「ああ、そうですか。……八十九期といえば、漫画家の柏木陽奈子さんと同期ですね」

「え？」

「だから、漫画家の柏木陽奈子さん。先日、テレビで見ましたよ。大変な人気じゃないですか、彼女の漫画」

「ああ。……陽奈子さんとは、高等部のとき、同じクラスでした」

私は、蚊の鳴くような声で答えた。どういうわけか、視線をなかなか上げられない。柄にもなく緊張しているのだろうか。いや、違う。……なにか恐《こわ》いのだ、この人が。さすがは弁護士だ。この威圧感はただものではない。

「高等部のときも、柏木さんは……有名人だったんですか？」

「いえ。高等部の頃は、目立たない地味な人でした。あまりに地味なので、綽名《あだな》は〝ジミティー〟でした」

「でも、今や、蘭聖学園ＯＧの出世頭ですよね」

「……そうですね」

「ちなみに、私は、七十七期生です」

「はい。……存じております」

私は、ちらりと顔を上げた。しかし、すぐに、テーブルに視線を落とした。

白いテーブルには、名刺と紙コップ。紙コップの中身は、すでにない。出されてすぐに飲み干した。喉がからからだった。渇きはまだ続いている。

私は、名刺に書かれた文字を今一度、確認してみた。

『弁護士　松川凜子』

威圧感はあるが、見た目はスーパーの詰め放題ワゴンにいても違和感のなさそうな、どちらかというと庶民的な小太りなおばさんだ。美容院に行ってきたばかりなのか、パーマが少しきつめにかかっている。

「今日は、御自宅から？」

「はい」

「なんだかんだと、二時間ぐらいかかりますよね、あの辺からだと」

「ええ。でも、新宿直通の快速もありますので、昔ほどは、時間はかかりません」

「それで、今日は、どなたかのご紹介で？」

その声は、どこか凄みがあった。蘭聖学園の女教師を思い出す。力ずくで相手をねじ伏せてしまう、そんな脅迫まがいの迫力が、その声には潜んでいる。

「どなたかの紹介で？」

松川さんは、繰り返した。私の胃が、きゅっと縮こまる。

「はい。……いえ、直接、紹介があったということではなくて、松川先生のお噂は、よく聞いておりましたので。なにかありましたら、必ず松川先生にご相談しようと、前から決めていたのです」

「私の噂？」

「はい。……いえ、もちろん、先生のご活躍に関しての噂です。どんな難しい問題も、たちまちに解決してくださる、敏腕弁護士さん。過日も、難しい裁判で、勝利を勝ち取ったとか」

「勝利？」

松川さんの表情が、少し、歪んだ気がした。

「裁判は、勝ち負けじゃないんですよ。裁判というのは……まあ、その話はここではよしましょう。……本題に移ってもよろしいでしょうか？　今日は、どんなご相談で？」

「あ、はい」

私は、背筋を伸ばすと、面接官に対峙《たいじ》するときのように姿勢を正した。

「先週のことです。このような案内が届けられたのですが」

そしてバッグから一通の封書を取り出し、それを松川さんの前に静かに置いた。

松川さんの唇が「あ」という形に開き、瞬きが止まった。その頬も強張《こわば》っている。

しかし、松川さんは瞬時にそれらの表情を押し殺すと、言った。

「中を見ても？」

「はい、是非、ご覧くださいませ」

松川さんは、慣れた手つきで、その中身を引っ張り出した。

そして、しばらく、その文面を無表情で見つめた。

拝啓
皆々様にはますます御健勝のこととお慶び申し上げます。

さて、同窓会を左記のとおり開催することとなりました。

そこで久しぶりに近況などを語らいながら、仲間たちと旧交を温め親睦を深めたいと存じます。

つきましては一人でも多くの方にご出席をお願いしたくご案内申し上げます。　敬具

記

日時　六月三十一日
場所　ホテルニューヘブン

「普通、六月三十一日ってありませんよね？」

私が言うと、

「ええ、そうですね。六月は、通常は三十日までですね」と、松川さんは文面を見つめながら

応えた。

「はじめは、ただの間違いか？　とも思ったんですが」私は続けた。「でも、そもそも、今度の同窓会の幹事は私なんです。私の知らないところで、このような案内が出回っているのは、ちょっとおかしいな……と」

「なるほど」

「もしかしたら、これ、例の――」私は、一旦、言葉を呑み込んだ。しかし、ここまで来て取り繕ってもいられない。私は、喉に力を込めると、言葉を吐き出した。

「……例の案内状なんじゃないかと思いまして」

「例の？」

「蘭聖学園につたわる、〝お仕置き〟の噂です。お仕置きの対象になった生徒には、案内状が届くという。……松川先生のときにもありませんでしたか？」

「ええ、まあ。そんな噂はあったかもしれませんね。六月三十一日、という日付も聞いた憶《おぼ》えがあります。でも、あれは、一種の都市伝説であって、たぶん、上級生の誰かが、生意気な下級生を怖がらせるために流した噂なんじゃないですか？」

「私も、そう思ってました。でも……実際にこんな案内状が届くと、ちょっと心配で」私は紙コップを引き寄せたが、その中身が空であることを思い出し、咄嗟《とっさ》に指を離した。

スタッフなのか、初老の男性がお茶のお代わりを運んできた。はしたないと思いながらも、私は飛びつくように紙コップを摑み、そしてまたしても一気に飲み干した。

「そんなに気になりますか？」

　言いながら、松川さんは、上着のポケットからピルケースを取り出すと、錠剤を二錠、その掌《てのひら》に載せた。

「ええ、気になります」

　しかし、松川さんは遮るように、きっぱりと言った。

「これは、誰かのいたずらです。ですから、気になさらないように」そして、掌の錠剤を勢いをつけて口の中に放り込んだ。

「……本当に、いたずらなんでしょうか？」

「ええ、いたずらですよ」

「では、私はお仕置きはされないと？」

「ええ。そんなことはされません」

「でも」

「なにを、そんなに恐れているんですか？」

「……と、いうか」

「なにか、お仕置きされる心当たりでも？」

　松川さんに訊かれて、私の胃はますます、縮み上がる。これは、もう、すべて白状したほうがいい。

私は、くっと両手を握りしめると、顔を上げた。

「お恥ずかしい話なんですけれど――」

2

（二〇一四年六月十五日日曜日）


なにを着ていこうかしら。

多香美は、姿見の前で大きく肩を竦めた。足下には、服の山ができている。

どれも似合わない。

以前は、確かに似合っていたのに。やはり、出産のせいで体型が大きく変化したのだ。体重は元に戻したつもりだったのに、その凹凸は、もう昔のそれではない。分かっていながら今まで見て見ぬ振りをしてきた。チュニックなどという体型隠しの服が流行《はや》っているのをいいことに。

チュニックって、スレンダーな人が着てこそでしょう。お腹《なか》ぽっこりの人が着たら、ただのアッパッパだよ。

そう言ったのは、ママ友の彼女だ。本当、憎たらしい子だ。真実をずばり言ってのける。

いいわよ。痩せるわよ。ダイエットするわよ。……などと言ってはみたが、体重は減っても、どうしても体型が戻らない。このぽっこりお腹。このぷるぷるの二の腕。このだるだるのバスト……。

エステティックサロンに通おうか？　とも思ったが、同窓会はもうすぐだ。そう時間はない。なら、仕方ない。やはり、新しい服を買おう。

などと考えたところで、電話の呼び出し音が鳴った。

「多香美？　私よ私」

あの女か？　と一瞬、受話器を持つ手が強張ったが、すぐに力が抜けた。

「いやだー、クミコじゃない！」

高等部時代のクラスメイトだ。卒業してもなんやかんやと交流を続けている、数少ない同窓生の一人だ。

「多香美、同窓会、もちろん、行くよね？」

クミコは、挨拶もなしにいきなり本題に入った。

「うん、一応……」

「やっぱり、行くんだ！　そうだと思った」

クミコは、外資系企業で働いている。一年に一度は海外出張もあるようで、前に会ったときは、帰国子女が話すような英語訛《なま》りの日本語になっていた。

もっとも、クミコ本人は、ばりばりの帰国子女のつもりのようだけれど。高等部時代、たった一ヵ月、交換留学でアメリカに行っていただけなのに。

留学から戻ってきた彼女の口癖は「これって日本語ではなんて言うんだっけ？　ユーノー？」だった。そのせいで、彼女の綽名は「ユーノー」。クミコ本人は、「有能」だと思いこんでいるようだが。

そんなクミコは、今まで同窓会など来たことがない。「所詮、同窓会なんて、日本の悪《あ》しき慣習よ」なんてバカにしている。同窓会ってむしろ、欧米文化の影響じゃない？　とやんわりと反論してみたこともあったが、「バカバカしい」の一点張りで、「一生行かない」とまで言っていた。なのに、

「多香美が、行くんなら、今年は私も行こうかな……」

などと、言い出した。

「え？　クミコ、行くの？」

「うん。多香美が行くなら」

まるでこちらが誘ったからいやいや行く……というような体《てい》で、クミコは言った。

なんだか出汁《だし》に使われている気がして、多香美はいらいらと、手元のメモ帳の端をまるめた。

クミコは、昔からそうだ。それが自分の希望だということを隠して、誰かに背中を押されたから渋々……というポーズを必ずとる。短期交換留学のときもそうだった。

そのとき、留学を志望していたのは他にもいた。三人の留学枠に、十人以上の志望者がいたはずだ。その志望者をどうやってふるいにかけたのかはよく分からないが、クミコの留学が決まったとき、クミコは言った。「特に、行きたくないんだけど。先生が勝手に推薦しちゃったから、仕方ないんだよね」

しかし、その頰は盛り上がり、得意満面の笑顔だった。

どうせ、水面下で、必死に自己アピールしたんでしょう？

クラスの誰もがそう苦笑したものだが、ひとりだけ、こう言ってのけた人がいた。

「なら、断ればいいじゃない。なんなら、私が断ってあげようか？」

字面にすれば、なんとも意地悪な嫌みなのだが、しかし、彼女は心の底から、クミコに同情してそんなことを言ったのだった。さらに、

「行きたくもない人を無理矢理留学させるなんて、人権無視もいいところ。学園長、なんなら理事長、それとも教育委員会に訴えるべきよ。マスコミに働きかける？　私の親戚に新聞社で働いている人がいて……」とまで言い出した。

そのときの、クミコの慌てふためいた顔が忘れられない。餓死寸前の鯉《こい》のように口をぱくつかせていた。

クラスメイトの一人が、

「いいのよ。クミコさんは、本当は留学したくて仕方ないんだから」

と、彼女を宥《なだ》めなかったら、どんな騒ぎになっていたことか。本音を言うと、その騒ぎも見てみたかったが、「なんだ。クミコさんの嘘つき」と、その子になじられたクミコの顔も、相当見物だった。

そんなことがあったせいで、クミコは、こそこそと、まるで国外逃亡をする人のように、こっそりと留学へと旅だった。

そのときの教訓は一切、生かされていないようだ。

「多香美が行くなら、私も行くよ?」

と、いつのまにか、多香美はすっかり主導権を握らされていた。きっと、同窓会の席でも、

「多香美にどうしてもって言われてさ……」などとしかめっ面で言うのだろう。

まったく、この女ときたら。

ただの赤の他人だったら、絶対付き合わないタイプだ。しかし、クミコの母親と多香美の母親はいとこ同士、つまり、自分たちははとこの関係だ。しかも、初等部からの腐れ縁。ここまで来たら、もう死ぬまで付き合うしかないのだろう。

それにしても、どうして、急に同窓会に行く気になったのかしら?

答えは単純だ。今の自分を見せつけたいのだ。成功した、今の自分を。

先日、クミコが書いたシナリオが、テレビドラマになった。そのドラマはそこそこ成功し、クミコも新聞に取り上げられた。そのときのインタビュー記事が、まさに〝らしい〟ものだった。

「学生の頃、推薦されてアメリカに留学していたんですが、その留学先で大学の映画クラブに勧誘されて、そのときに、シナリオを少し勉強したんです。大学を卒業後は、教授の勧めで外資系の会社に入社したのですが、昔の仲間にシナリオを続けたほうがいいと言われて。それで、趣味の範囲で続けていたんですが。あるとき、家族の者が私のシナリオを勝手に、コンクールに出してしまって。それが、運良く大賞をいただきまして、本当に驚いています」

この文章には、数々のミスリードがある。

文章だけ読むと、アメリカの大学に留学していたような印象だが、実際は高等部時代、夏休み限定の短期交換留学をしただけだ。しかも、砂漠のど真ん中の田舎町にある、小さな学校に。大学の映画クラブに勧誘された？　それも正確には、自ら、オープンカレッジの討論会を見学しただけ。それも一度だけ。シナリオを勉強したというのは、まあ、事実かもしれない。

というか、それ以前にもシナリオらしきものは書いていて、もっといえば、映画好きが高じてアメリカ留学に執着し、留学するお金なんてないという両親を説き伏せて、さらには両親にほうぼうから借金させて、ようやく留学費用を捻出したのだ。外資系の会社に入ったのだって、自ら狙いを定めた会社に猛烈アタックして、ようやく契約社員で滑り込んだ……というのが真相だ。

昔の仲間にシナリオを続けたほうがいいと言われて？　いったいどんな仲間か知らないが、クミコは自ら、カルチャーセンターのシナリオ教室に五年も通い（本来は半年のコースであるにもかかわらず）、自ら、あらゆるコンクールにシナリオを応募しまくり、そしてようやく、テレビ局のシナリオコンクールの佳作にひっかかったのだ。大賞なのではない。大賞は、その年は該当なしだった。それをいいことに、大賞をとったかのように振る舞っている。

要するに、クミコは、ごりごりの野心家なのだ。その結果はすべて、クミコの努力と根回しと執念がもたらしたもので、それはそれで賞賛に値するものだと思うのだが、クミコにとっては、それではダメらしい。不本意ではあるが誰かにどうしてもって勧められて……という形でないといけないらしい。本人は、謙譲の美学だと言ってはいるが。

ほんと、面倒くさい女だ。

要するに、失敗したときの保険をいつでもかけているのだ。失敗したときに、他者のせいにできるように。

いや、それとも、あの家で育ったせいかもしれない。クミコの家も、分家だ。分家の〝分〟を遺伝子レベルで叩き込まれている。決して目立ってはならない、なにより、矢面に立ってはいけない……そんないじましい分家根性が捩《ね》じれに捩じれて、自ら責任をとることをひどく恐れているのだ。いつでも人のせいにしようと、日頃からトラップを張りめぐらせている……そんな肝っ玉の小ささが、言動の隅々にでていると、私の母親も愚痴混じりによく言っていたものだ。

ああ、本当に面倒くさい！

「あ、でも。私、同窓会に行こうかどうか、ちょっと迷っているんだよね。もしかしたら、行かないかも」

多香美は、言ってみた。

「え？」

ほら、やっぱり動揺している。

「もし、私が行けなかったら、同窓会の様子、教えてね」

「え、でも、多香美が行かないなら……」

「クミコも行かないの？」

「え？　……っていうか」

ああ、おもしろい。こういう面倒くさい女は、ほんと、いじり甲斐《がい》がある。

「あ、ごめん。そろそろ子供を迎えに行かなくちゃ。実家に預けてあるのよ。じゃ、もう電話、切るね」

そして、多香美は受話器を置いた。

なんだかんだ言って、クミコは、必ず来るわよ、同窓会。今回の同窓会は、彼女にとっては檜《ひの》舞台になるだろうから。成功した自分を堂々とひけらかす、恰好の舞台。そんなチャンスをあの子が逃すはずもない。さてさて、いったい、どんな体を取り繕って参加するのやら。

もちろん、私も行くけどね。

行かなかったら、なにを言われるか。

クミコは今までほとんど同窓会に参加していなかったから知らないかもしれないけれど、同窓会の一番のご馳走は、不参加者の噂話だ。悪口と言ってもいい。これが、すこぶる美味しいのだ。でも、それは裏返せば、自分が不参加のときは、自分の噂話がつまみになるということだ。

そんな恐ろしいこと。考えただけで、ぞっとする。

去年なんて、今まで一度も欠席したことがない子が体調不良で欠席したけれど、「あの子、整形手術に失敗したみたいよ。だから、来られないみたい」と言われてしまっていた。それから次々と尾ひれが付き、挙げ句、血族三代まで遡る悪口大会に発展した。

多香美は、服の山を振り返った。

やっぱり、新しい服、買ってこなくちゃ。

うん、買いに行こう。……子供は実家にお泊まり、夜に迎えにいけばいい。だったら……横《よこ》浜《はま》まで行ってみようかしら？

「あ」

多香美は、そのワンピースを手に取ったとき、なんとも言えない苦々しい思いに包まれた。胃液が逆流して、食道がひりひりと悲鳴をあげる。

「どうしました？」

セレクトショップの店員が、小首を傾《かし》げた。

「ううん」多香美は、まるで万引きが見つかった子供のように、慌ててそのワンピースを元の位置に戻した。

が、すかさず店員が、そのワンピースを再び取り出した。

「こちらのワンピース、とてもお似合いだと思いますよ？　ストライプ柄は、この春夏のトレンドですし」

店員が言うとおり、そのAラインのワンピースは、自分に似合うだろうと思った。なにより、この柄は体型をすっきりとみせてくれるだろう。

「ストライプ、今年も流行るの？」

多香美の問いに、

「はい。流行りますよ」

と、店員は自信満々に言った。

なにも、疑っているわけではない。実際、ストライプは定期的に流行る柄だ。

「私が、高校生の頃にも流行ったのよ、ストライプ」

多香美は言った。

「そうですか」

「もう、十年以上も前のことだけれど」

そして、六年前にも流行った。その年の同窓会はストライプで溢《あふ》れかえったものだ。そのとき、多香美は生成りの麻ドレスを着ていったのだが、その生成りがかえって目立ってしまった。あのときの居心地《いごこち》の悪さ。そのドレスは無粋ではないか？　というようなことを、遠回しに言う人もいた。なにも、流行遅れだったわけではない。なにしろ、その年に購入した、某ブランドの最新作だった。ファッション誌にも度々紹介された売れ筋だった。お値段もそれなりに、した。が、それがいけなかったのだ。あまり最先端のものをチョイスすると、それはそれで攻撃の的にされる。「頑張って買っちゃったんだろうけれど、服に着られているわよね、完全に」と、陰口を叩かれる。

なら、今年は、無難にストライプにしておいたほうがいいかもしれない。

「じゃ……これ、フィッティングしてみようかしら」

あ、でも。

フィッティングの準備をしていた店員が、振り返った。

「え？　他にもなにか気になるものがございましたか？」

「ううん、違うの、とりあえず、そのワンピースだけでいいわ」

言いながらも、多香美は、マネキンが着ている総レースの、藍白のワンピースに今一度視線を注いだ。

今から試着しようとしているあのストライプのワンピースと二万円しか違わない。だとしたら、絶対、こっちのワンピースのほうがいい。確か、これ、ファッション誌でも取り上げられていたやつだ。そうよ。ミチルさんが持ってきてくれたファッション誌に、載っていたわ。これも、試着してみようかしら？

ああ、でも、着てしまったら、絶対、こっちのほうが欲しくなるに決まっている。そして、買ってしまう。

でも、これを着て同窓会に行ったら、六年前の二の舞じゃない。

じゃ、同窓会用にストライプを買って、そしてこの藍白も買って……だめだめ、予算的に、今日は二着買う余裕はない。先月だって、服を買ったばかりだ。そのせいで、あのケチな夫にたっぷりと嫌味を言われた。今月は、そうそう無駄遣いはできない。

ああ、でも、絶対、この藍白のほうが素敵。こっちがいい。

でもでも。同窓会にこれを着ていったら、間違いなく、目立ってしまう。そして、また、言われてしまう。「玉の輿《こし》に乗った人は、やっぱり違うわね」と。

玉の輿というほどの結婚ではない。分家の娘が、実業家と結婚したというだけの話だ。実業家といっても、三軒の飲食店と、スポーツジムと、そして賃貸ビルをひとつ、経営しているだけだ。経営はかつかつで、収入だって、サラリーマンの平均よりはちょっといい、という程度。というのも、夫とは再婚で、前の妻にいまだに慰謝料を払い続けているせいだ。まったく、あの強欲女は、収入の半分はよこせという。それだけじゃ足りず、養育費も。どんなに赤字の月でも、一円も負けることはない。それどころか、ストーカーのような真似もする。ここのところ、非通知の無言電話が続いているが、間違いなく、元妻からだ。まったく、あの女ときたら！

「お客様？」

試着室になかなか足を運ばない多香美に、店員が、不安げに言葉をかけた。

「やっぱり、あの藍白のワンピースも、フィッティングさせてもらえる？」

多香美が言うと、

「もちろんでございます」

と店員は目を輝かせた。

「ほら、やっぱり」

鏡の前で、多香美は小さく感嘆の声を上げた。

「ほら、やっぱり、こっちのワンピースのほうが、ものすごく素敵」

先に試着したストライプも悪くはなかったけれど、この藍白のほうが断然似合っている。気になっていた体型も、みごとに隠してくれている。というか、むしろ細く見える。ウエストから腰にかけての切り返しが特に素晴らしい。このワンピースに、二連の本真珠のネックレス、そして先月買ったシルクのカーディガン羽織ったら、もう最高じゃない！

ああ、やっぱり、こっちにしようかしら？

でも。

「ほんと、そこがあんたの悪い癖よね」

いつだったか、クミコに言われたことを思い出す。

「多香美は、いつでも、本命は選ばないのよ。選ぶのは、二番手ばかり」

それは、正しかった。でも、それは私に限ったことではない。父も母も、そして兄も、自分が本当に気に入ったものは敢《あ》えて避けて、どこからも文句がでない二番手以下のものを選んできた。真の欲望を律することが、分相応なのだと、みな、肝に銘じている。それが、分家の生きる知恵なのだ。仮に、本命を選んだとしても、六年前の同窓会のように、肩身の狭い思いをするだけなのだ。分相応。それこそが大事なのだ。分相応に徹してきたから、今までもうまくやってこられたのだ。

幼稚園から今まで、この二番手キャラに甘んじてきたからこそ、特に大きなトラブルもなくやってこられた。

「そう？　多香美さんは、本来、もっと目立ちたがり屋でしょう？」

いつだったか、クラスメイトにそんなことを言われた。ああ、そうだ。彼女だ。あの、毒舌家気取りの、彼女。綽名は〝コメンテーター〟。

「多香美さんもクミコさんも、相当なナルシストで目立ちたがり屋で強欲なくせして、それを無理矢理押し殺しているから、なんだかややこしい性格になっているのよ。捩じくれているというか。もっと、素直に生きたら？　陽奈子さんのように」

陽奈子さん？

ああ、柏木陽奈子さん。

あの、ひとりぼっちの、柏木さん。いっつも、クラスの片隅で、本を読んでいる陽奈子さん。いじめられているわけでもないのだが、誰も近づこうとしない。だって、仕方ない、本人が結界を張っているんだから。一人の世界に閉じこもっているんだから。きっと、一人が好きなのよ。ああやって、地味に、誰からも注目されず、本を読んでいるのが好きなのよ。

「違うわよ。あの子が一人であゝしているのは、自分が特別だと思っているからよ。他のみんなを馬鹿にしているからよ。見下しているからよ。あなたたちと同じよ」

あなたたちと同じ？

「そう。このクラス全員。誰もが、他を見下して、自分こそが女王様だと思っているんでしょう？」

言うじゃない。なに？　自分だけは違うっていうの？　そういうあなたこそ、一番たちが悪いわ。あんただって、女王様になりたいんでしょう？

「私は、遠慮しておく。女王様ほど、割の合わないものはないじゃない。女王様なんて、所詮、ただの見せ物だもの。人身御供《ひとみごくう》みたいなものよ。神輿《みこし》に乗せられて、囃《はや》し立てられているだけよ。あなただって、それを分かっているから、一歩も二歩も引いて、おとなしくしているんでしょう？　そして、女王気取りの人が転落していく様を面白がって見ているんでしょう？」

女王気取りの人？

「たとえば、クミコ。あなた、彼女のこと、嫌いでしょう？」

そんな不躾《ぶしつけ》な問いに、自分がどう応えたのかは、今となってはまったく覚えていない。もしかしたら、応えられないまま、無言でその場を立ち去ったかもしれない。

「いかがですか？」

カーテンの向こう側から、店員が声をかけてきた。

「ちょっと、待っていただけます？　あと、もう少し」

＋

うん。これでいい。

多香美は、店員から紙袋を受け取ると、小さく頷いた。

これで、間違いない。

でも。

多香美は、振り返った。

「お客様？」

店員が、揉《も》み手《で》で訊いてくる。「気になるものが、他にもございますか？」

「ううん、もう大丈夫」

多香美がショップを出たちょうどそのとき、なにか白い物体が、視線を横切った。

道路を挟んだ向こう側、ウエディングドレス姿の花嫁が、スカートをたくしあげながら必死の形相で歩いている。花嫁を囲むように三人の男女が、これまた必死の形相で、ベールとドレスを地面から守るように持ち上げている。

なに？　あれ。

ああ、確か、近くにおしゃれなガーデンレストランがあったっけ。たぶん、そこで披露宴が行われるのだろう。

それにしても、気の毒。たぶん、隣のヘアサロンで準備を整えたのだろうけれど、生憎、今朝までの雨で道はこんなにもぬかるんでいる。白いドレスの裾が、泥だらけ。だからって、あんなにドレスをたくし上げなくても。足が丸見えじゃない。あの不格好はなに？　会場ではそれこそ女王様のように光り輝く花嫁も、こんな泥道の裏通りでは、場違いの滑稽な仮装ね。それとも、処刑台に向かうマリー・アントワネット？　ほら、見なさいよ、通りすがりの人が、みな、戸惑いの眼差しで見つめている。それは、羨望でも憧れでもない、同情の眼差し。中には、笑っている人すらいる。こうなると、白って、本当に惨め。

まるで、六年前の私。

六年前の同窓会は、ホテルのパティオが会場だった。初夏の午後、海風に吹かれながら優雅に同窓会……というのが趣旨だったが、まさかのゲリラ豪雨。私もああやって、必死にスカートをたくし上げながら、豪雨の中、屋根を求めて走り回ったものだ。そればかりかなにかにつまずきみごとに転倒、せっかくのドレスが、雨ジミと泥で、散々なことになってしまった。雨はあっという間に止《や》み、その後、会は再開されたが、私ひとりボロ雑巾のようだった。

「あら、お気の毒」

そんな声があちこちから聞こえ、その度に、恥ずかしさで死にたくなった。

きっと、あの花嫁も同じようなことを思っているに違いない。

こんな思いは二度としたくない……と。

だから、これでいいのよ。

ストライプで正解なのよ。

多香美は、腕から下げたショップの袋を肩に下げると、速足で大通りに向かって歩き出した。

3

（二〇一四年六月十六日月曜日）


でも。

やっぱり、あの藍白のワンピースのほうがよかったかしら。

多香美は、はっと、ナイフを持つ手を止めた。

昨日から、同じことばかり考えている。可哀《かわい》そうなストライプのワンピースは、袋に入ったまま、玄関先に置きっぱなしだ。夫からは、三度ほど「早く片付けろ」と怒られた。夫は十歳年上で、そのせいか、私のことを子供のように叱る。なによ。人を叱る前に、自分のことを反省しなさいよ。私、なにもかも知っているのよ？　あなた、浮気しているでしょう？　あなたときたら、どこまで女にだらしがないのかしら。女となったら、見境がないのね。いい？　私の散財は、あなたのせいなんだからね、あなたの女遊びが過ぎるから、私、ストレスがたまりまくっているのよ……と反論しようかとも思ったが、やめた。

「ううん。ストライプでよかったのよ。似合っていたじゃない」

多香美は自分に言い聞かすように呟くと、カッティングボードに散らばったハーブをかき集めた。

午後から、ママ友が来る。それまでに、お茶の準備をしておかないと。

あ、電話だ。

もしかして、また、無言電話？　きっと、そうね。あの女からね。ほんと、あの女の執念深さったら。それでも、出ないわけにはいかない。多香美はエプロンで軽く手を拭くと、カウンター上の子機を取った。

＋

うそ。

この人、あの柏木さん？

柏木……陽奈子さん？

「そうよ。あの、ジミティーよ」

ジミティーというのは、当時、私たちが柏木さんにつけた綽名だ。由来は、もちろん〝地味〟だから。

でも、今、テレビ画面に映し出されているのは、地味とはかけ離れた、光り輝いている姿だった。

クミコから電話があったのはつい今しがただった。

ハーブを刻んでいるとき、電話が鳴った。

「どうしたの？　仕事は？」

「今日は、有休。……そんなことより、今すぐ、テレビをつけて！」

テレビはついていた。

「じゃ、7チャンネルにして、今、トーク番組をやっているから、早く！」

訳も分からず、リモコンの〝7〟を押してみる。

テレビ画面に大写しになったのは、どこか見覚えのある顔だった。しかし、その名前のテロップを見なかったら、きっと、思い出すことはなかっただろう。なにしろ、〝ジミティー〟の顔など、まじまじと見たことはなかったし、意識することもほとんどなかった。

「この人、本当に、あのジミティー？」多香美は、唖然と、そのテレビを見つめた。

「うん、間違いないよ」クミコが、苦々しく言った。「あの子に、間違いない。本人よ」

「へー、そうなんだ」多香美は、特に抑揚もつけずに言ってみたが、その声は、微かに震えている。「へー、漫画家になっていたんだ、全然、知らなかった」

「〝柏木陽奈子〟って名前の漫画家の漫画が売れているのは知っていたけど。まさか、ジミティー本人だとは思わなかった。同姓同名？　ぐらいにしか思ってなくて」

「へー、そうなんだ。私、漫画とか、全然見ないから」

多香美は、まったく興味がないという素振りを貫き通したが、……実際、本当に漫画などには興味はないし、ジミティーのことにも興味はなかった。でも、この感情はなんだろう？　この、歯がゆくて、もやもやして、体中が痛くなるような、この蠢《うごめ》くような感情は。

あ。

ジミティー……柏木陽奈子が着ている、そのワンピース。

あの、総レースの藍白のワンピース。

私が諦めたあのワンピースを、あの子は、なんの躊躇《ためら》いもなく、まるで自分のために仕立てられた服だとばかりに、堂々と着ている。しかも、あんなにスマートに着こなして。その髪型だって、おしゃれ。メイクも抜群。

「あの子も、来月の同窓会、来るのかな？」

クミコが、相変わらず苦々しい口調で言った。

え？　同窓会？

「うーん、どうだろう」

多香美は、台詞《せりふ》を棒読みする大根役者のように、言った。「あの子、今まで一度も同窓会に来たことないし」

「そうなんだ。なら、今回も来ないかな？」

「うん、来ないんじゃない？　というか、なに？　クミコ、行くことにしたの？」

「だって、ほら。……今回の同窓会って、学園創立百周年記念じゃない？　だったら、ほら、やっぱり、行っておいたほうがいいかな……って。でも、ジミティーが来るなら、やっぱ、止めようかな……」

「どうして？」

「だって、ほら」

ジミティーが来ちゃったら、せっかくの檜舞台が、全部彼女に持っていかれちゃう？　蘭聖学園から誕生した有名人の称号が、彼女に盗《と》られてしまう？　ヒロインになれるせっかくのチャンスが、台無し？

なるほど。

新進気鋭のシナリオライターと売れっ子漫画家の仁義なき戦いか……。

ああ、それは、面白いかも。

多香美は、どろどろと渦巻いていた黒い感情が、見る見る別の感情に飲み込まれていくのを感じていた。それは、いつもの、ちょっとした悪戯心だ。

「大丈夫よ、彼女、来ないわよ」

多香美は、自信を込めて言った。

「どうして？　なんでそう言い切れるの？」

「だって、彼女から、〝欠席〟の返信が来たからよ」

それは嘘だった。しかし、まったくの嘘でもなかった。柏木陽奈子の実家に毎年案内は送ってはいるが、返事が来たことはない。そして、同窓会にも来たことはない。だから、今年も、たぶん、来ないだろう。

「そうなの？　……というか、どうして知っているの？」

「私、一昨年までずっと幹事をやってて。今も、幹事のお手伝いをしているのよ」

「そうなの？」

「ママ友に、幹事さんがいて。ほら、覚えてない？　コメンテーター」

「コメンテーター？　ああ、あの、毒舌家気取りの？」

「そう。彼女も地元組で」

「へー。東京の大学に行ったんじゃなかったっけ？　確か、歯医者になるために」

「うん。歯医者にはなれなかったけど、地元で歯医者の彼氏をゲットして。今は歯医者さんの奥様よ」

「へー、そうなんだ」

「で、去年から彼女が八十九期生の幹事をやっているんだけど、彼女一人だといろいろと大変そうだから、私も手伝っているのよ」

「なんだー、そうだったんだ」クミコはどこか非難めいた口調で言った。「なによ、多香美。はじめから行く気だったんじゃない、同窓会。なによ、もしかしたら行けないかも？　とか言っていたくせに」

「あのときは、本当にちょっと迷っていたのよ。でも、もう、同窓会に着て行く服も買っちゃったし」

「何、着て行くの？」

「うん、ストライプ。ストライプのワンピース」

「そうか。なら、私は……」クミコは、ここで言葉を止めた。テレビ画面には、ジミティーの晴れ晴れしい功績を、いろんな著名人が讃《たた》えている様子が映し出されている。クミコの歯ぎしりが、受話器から聞こえてきそうだ。「本当に、あの子、来ない？」クミコが、念を押す。

「うん。来ない。大丈夫よ」

「本当？」

「うん。だから、クミコは来なさいよ。一緒に参加しようよ。ね？」

「……多香美がそんなに言うなら」

＋

よし。受話器を置くと、多香美は、早速、電話帳を引っ張り出してきた。

柏木陽奈子。確か、駅前の……パチンコ屋の娘だったはず。そこに連絡を入れれば……。

「わたくし、蘭聖学園のＯＧで、大崎……いえ、旧姓本田多香美と申します。陽奈子さんとは高等部時代のクラスメイトで、とても仲良くしてもらってました。今度の同窓会に、ぜひ、陽奈子さんに参加してもらいたくて。連絡先を知りたいのですが――」

……あら、やだ。あの人ったら、忘れてるじゃない。

多香美は、固定電話の横に、夫のスマートフォンを見つけた。

メールが来ている。

そんなはしたないこと、今までしようとも思わなかった。そんなことをするのは、下品な女のやることだ。でも、どうしてか、無性に気になった。多香美は、「神様、今回だけです」と呟きながら、メールの中身を盗み見た。

……うそ、ミチルさん？

……どうして？

「もしもし。もしもし」

受話器から、年老いた女の声が何度も呼びかけている。

「もしもし、お待たせしました。陽奈子の今の連絡先は――」

4

（二〇一四年六月二十三日月曜日）


松川凜子法律事務所。

「あなた、なにか、お仕置きされる心当たりでも？」

松川凜子が訊くと、彼女……鈴木咲穂《すずきさきほ》の顔が、一瞬、青ざめた。そしてしばらくはテーブルを見つめていたが、くっと両手を握りしめると、視線を上げた。

「お恥ずかしい話なんですけれど――」

「大丈夫ですよ、どんなお話でも聞きますよ」凜子はペンを摘み上げると、そのペン先をシステム手帳に押し当てた。

「私のクラスメイトで、今はママ友として、お付き合いしている人がいるのですが」

「元クラスメイト……ママ友」復唱しながら、凜子は手帳にペンを走らせた。

「大崎……旧姓本田多香美という子でして」

「大崎多香美……旧姓本田……」

「その子のことが、とにかく嫌いで。昔から大嫌いで」鈴木咲穂の語調が、突然きつくなる。

「……なんというか、ぶりっこなんです。優等生ぶってんです。本性は真っ黒なくせして、それを上手に隠して。私に変な綽名をつけたのも、あの子だし」

「綽名？」

「コメンテーターって」

「コメンテーター……」

「そうです。毒舌家気取りだって！　信じられない！　そりゃ、確かに、ちょっときついことも言いましたよ？　でも、それは、あの子があまりにも腹黒だから。謙虚な優等生を演じながらも、裏ではいろいろな意地悪を仕掛けていたような性悪な子だったから！　それを窘《たしな》めるために嫌味を言っただけなんです！　陰で悪口を言うより、よっぽどいいと思いませんか？　なのに、あの子ったら！」

鈴木咲穂は拳を作ると、それをテーブルに打ち付けた。

感情に火が点《つ》いたようだ。ここはちょっと場を和ませたほうがいいと思い、凜子は笑いを含ませて言った。

「コメンテーターって、綽名にしては、いいほうですよ。私なんて、高校時代は、法律おばさんって呼ばれていたんですよ」

「法律おばさん?」

「そう。入学してすぐの頃、法律を持ち出して、クラスメイトを注意したことがあったのよ。……嘘をついて掃除をさぼろうとしている人がいたから、『刑法○条では、嘘をつくことを禁じている。罰則は……』なんて感じで。そしたら、早速、法律おばさんって綽名をつけられたのよ。ほんと、いやんなっちゃう」

ここは、笑うところなんだけど。でも、鈴木咲穂の顔は、ひとつも笑ってない。凜子は咳払《せきばら》いすると、続けた。

「で、その大崎多香美さんがどうしましたか?」

「とにかく、嫌いだったんです。多香美のことが、大嫌いだったんです。一緒にいると、イライラすることばかりで」

「それでも、お付き合いを?」

「だって、仕方ないじゃないですか。同じ地元組だし、同じ蘭聖学園のOGなんですから。いやでも、付き合わないと」

「なるほど、なるほど」

「でも、六年前の同窓会で、どうしても許せないことがあって。当時、あの子が幹事で。あの子が言うには、今度の同窓会は、カジュアルレストランで、ガーデンランチをするっていうんです。だから、服装もカジュアルでって。だから、私、本当にカジュアルな服で行ったんです。そしたら、みんなフォーマルで。あ、騙《だま》された！　と思ったんですけど、あの子はけろっとしていて。だから、足をひっかけてやったんです」

「足を……ひっかける？」その内容の馬鹿馬鹿しさに、凜子の手が止まる。

「はい。突然、雨が降ってきて、みんな大急ぎで屋根のあるほうに向かったのですが、そのときに、つい。あの子、頭から地べたに倒れこんでしまって。せっかくのドレスもドロドロになっちゃって……」

馬鹿馬鹿しいが、これは、立派な犯罪だ。凜子はいったんペンを置くと、言った。

「それは、悪いことをしましたね。それ、結構な罪ですよ？」

「ええ、分かってます。だから、今回、このような案内状が届いたんじゃないかって。……私、お仕置きされるんじゃないかって」

足を引っかけたのは確かに罪ですが、六月三十一日の同窓会はただの悪戯でしょうから、気にしなくて大丈夫ですよ。それに、六年も前のことじゃないですか。……どうしても気になるのなら、大崎多香美さんに謝ってはいかがですか?

+

（二〇一五年五月二十日水曜日）

……去年、凜子はそんなことを言って、鈴木咲穂を帰した。

が、その翌々日。凜子はニュースで、大崎多香美の死を知ることとなる。死因は、フッ化水素酸。その死因になにか違和感を覚えたが、しかし日々の仕事に忙殺され、大崎多香美の死もそれに対する違和感も、そして鈴木咲穂のことも、いつのまにか忘れてしまっていた。

そんな凜子が、大崎多香美と鈴木咲穂のことを思い出したのは、一枚の案内状が届いたせいだった。

それは、同窓会の案内状だった。同窓会の実施日は、六月三十一日。

気にするな、ただの悪戯だ。

鈴木咲穂にはそんなことを言ったが、しかし、いざ自分が受け取ってみると、あまりいい気分はしない。

システム手帳のアドレスを開くと、凜子は〝鈴木咲穂〟の名前を探した。

彼女に、連絡をとってみなければ。

しかし、受話器を取る前に、激しい痛みが頭を突き抜けた。

そして人形が棚から滑り落ちるように、凜子は床に倒れこんだ。

第四話　福井結衣子の疑惑

1

（二〇一五年五月二十日水曜日）

誰？

気配を感じて、松川凜子は、床からゆっくりと頭をもたげた。

「先生、大丈夫ですか？」

そう言いながら、背中にそっと手を置いたのは、事務の手伝いをしてくれている海藤さんだった。

「ああ、大丈夫。座ろうとしたらちょっと、バランスを崩して。……いやだ、恥ずかしい」照れ笑いを浮かべながら凛子は、椅子をよじ登るように、体を起こした。「歳かしらね」

「お疲れなんですよ。昨日も、徹夜だったんじゃないですか？」

「まあ、ちょっとは寝たけれど」

「ちょっとじゃダメですよ。しっかり睡眠はとらないと。……どなたかに、連絡を？」

海藤さんが、床に落ちたシステム手帳を拾い上げた。

「うん。ちょっと、気になることがあって」

「おっしゃってくれれば、私が、連絡いたしますよ？」

「ううん、大丈夫。大したことじゃないのよ」

そして、そんなことをする必要もないのに、デスクの上の案内状を、隠すように引き出しの中に投げ入れた。

「ところで、先生。法律相談の予約をされている方が応接室にいらっしゃっているのですが」

言われて、凛子は時計を見た。

午前十一時。

もう、こんな時間。今日は、まだなにひとつ、仕事を片づけていない。予定ならば、午前中にひとつ、書類を仕上げる段取りだったのに。午後には、テレビ番組の収録もひとつ控えているのに。

でも、仕方がない。法律相談も大切な仕事だ。

凜子は、システム手帳とタイマーを携えると、応接室に向かった。

＋

「私、蘭聖学園八十九期の福井結衣子《ふくいゆいこ》と申します」

そう名乗った女性は、しずしずと、名刺を差し出した。

凜子は名刺を受け取りながら、またかという表情を、あからさまにしてみせた。

まったく。蘭聖学園の連中ときたら。私がOGだということをいいことに、続々とやってくる。しかも、くだらない相談事ばかり。嫁姑問題から恋の悩みまで。いつだったか、腕のいいヘアメイクさんを紹介してくれ……なんていう問い合わせもあったっけ。私はタウンページじゃないっつーの。あの事件の裁判を成功させてからは、ますます、ひどくなった。今月に入って、これで五人目か。先週来た人など、いなくなったハムスターを探して欲しいという依頼だった。知り合いのなんでも屋を紹介したが。その前は、家族の素行調査だったか。まったく、うちは、探偵事務所ではない。

そして、今日。

八十九期といえば、今年で二十九歳か。

……柏木陽奈子、そして大崎多香美と同学年だ。

「はい、彼女たちとは、同じクラスでした」

福井結衣子は、タオルハンカチで口元を隠すと、密告するように囁いた。

「同じクラス？」

「はい。三年間、同じクラスでした」

「蘭聖学園高等部は、基本、クラス替えはないですからね。多感なハイティーン時代に一生の友人関係を構築するため……というのがその理由だそうですが。でも、あの制度も善《よ》し悪《あ》しだと私は思いますよ」

「はい。おっしゃるとおりです」福井結衣子は、よくぞ言ってくれたとばかりに二回、頷くと、身を乗り出した。「その人間関係が居心地よく感じる人ならば、まさに、素晴らしい三年間を過ごすこともできるでしょうが、そうではない人……人間関係の構築にしくじった人にとっては、まさに、地獄です」

「地獄ですか」

少し言い過ぎでは？　とも思ったが、確かに、人間関係をこじらせたまま、三年間も同じ空間に閉じ込められるというのは、地獄の境地かもしれない。自分はどうだったかと、ふと、思いを馳せる。

まあ、ちょっと、居心地は悪かったかな。

特待生のプレッシャーもさることながら、高等部からの編入組……つまり外様《とざま》だったので、余所者《よそもの》扱いだったことには間違いない。いじめられこそしなかったが、みなが、少し、距離を置いていた。

が、凜子にしてみれば、その距離感は悪いことばかりではなかった。むしろ、面倒な馴れ合いや付き合いから解放されて、勉強に集中することができた。どちらかというと居心地がよかったと言わざるを得ない。孤独というのは、それをうまく飼い慣らせばこれほど自由な状態もないだろう。もっとも、飼い慣らす前に、孤独に押しつぶされてしまう例がほとんどだろうが。

では、この目の前の女性はどうだったのだろうか？　孤独を嫌い、絆《きずな》というしがらみにすがりついていた口か、それとも。

「私は、ごく普通の感性しか持ち得ない、普通の生徒でしたから」

福井結衣子は言った。

「普通に友達を作り、普通にお付き合いし、時には心にもないことを言って相手をおだてることもあれば、その逆もありました」

「その逆？」

「心にもないことを言って、大切な親友を傷つけたり」

「心にもないことを？」

「ずっと仲良くしていた子がいたんですけれど。とてもきれいな子で、おしゃれで、センスがよくて、スポーツもできて、性格もよくて、お金持ちで。でも、私より少しだけ成績が悪くって。彼女より成績がいいということだけが、私のより所だったんですが、でも、あるとき、その子が私の成績を上回ったことがあって。……私、特に気にしていないという風を装ったんですけれど、でもやっぱり、どこかおさまりが悪くて。あの子の悪口をあの子の前で……彼女を傷つけてしまいました」

「まあ、傷つけあうのも、あの年齢特有の友情の証《あかし》なんじゃないでしょうか？　大人になると、面倒を避けて、喧嘩《けんか》すらしなくなりますからね」

「そうですね……」

福井結衣子は、目の前のティーカップを見つめた。さきほど、海藤さんが持ってきたものだ。

福井結衣子の視線が、ふと、宙に漂った。そして、壁をなぞるように、部屋を一巡した。

「あ」

「どうしました？」

「え？」

「お茶になにか？」

「いえ」福井結衣子はようやく視線をティーカップに戻すと、その取っ手をゆっくりとした動作で摘んだ。しかし、それは、唇の前で、止まった。

「いえ、どこかで、見たような気がしたものですから。……でも、気のせいかもしれません」

「なにを?」

「いえ、ですから、気のせいですので」

そして、福井結衣子は、そのまま、ティーカップをソーサーに戻した。

なにか、扱いにくい人だ。凜子は、砂糖スティックの端をちぎると、それをカップの中に注ぎ入れた。

「それで、今日は、どのようなご相談で?」

「え?」福井結衣子が、思い出したように、視線を上げた。「ああ、そうですね。相談内容は……」

そして、一度戻したカップを再び手にした。

「私、殺されるかもしれません」

「は?」

「ですから、私、死ぬんです」

言いながら、まるで毒を含むように、カップにそろそろと唇をつける。その視線は、相変わらず落ち着きがない。

こういう表情の人間を、凜子はかつて何人か見てきた。責任能力がとわれ、結局は無罪となった依頼人たちだ。

「……なぜ、そのように思うんです?」

凜子は、スクールカウンセラーにでもなったつもりで、優しく訊いた。「どうして？」

「先生は、『六月三十一日の同窓会』をご存じですか？」

「六月三十一日の同窓会？」

また、その話か。六月三十一日に開催される同窓会の案内が来た者には、〝お仕置き〟が待っている……という、凜子が蘭聖学園に在学中にもあった、いわゆる学園の七不思議……都市伝説だ。まったく。なんだって、みんな、そんなものを気にしているのだ。学生ならばまだしも、いい大人が。

「ですから、それは、誰かのいたずらかただの伝説……」

「いえ、そうではなくて」

福井結衣子の視線が、一直線にこちらに飛んできた。

「演劇です。『六月三十一日の同窓会』というタイトルの、劇です」

「劇？」

「はい。先生もご存じの〝六月三十一日の同窓会〟伝説。それをモチーフにした劇を、私たちのクラスで演じたんです。学業発表会で」

「学業発表会」

懐かしい響きだ。

学業発表会とは、蘭聖学園の初等部から高等部まで、クラスごとに学業成果を発表する場で、出来のよかったクラスには、賞が贈られる。発表内容は各クラスに一任され、合唱やオリジナルダンスを披露するクラスもあれば、研究結果を発表するクラスもあった。高等部編入組の凜子も、三回、それを経験している。一年生のときは地元の歴史についての研究を発表し、二年生のときは八ミリで映画を作った。三年生のときは組体操をやったようだが、受験で忙しかった凜子は参加していない。

「私たちのクラスは、創作劇を上演したんです。一年生のときです」

「へー、創作劇を?」

「そうです。例の、〝六月三十一日の同窓会〟伝説をモチーフにした、劇です。割と好評を得て、その年の最優秀賞をいただきました」

「それは、すごいですね。最優秀賞は、なかなかとれませんよ。私たちのクラスも狙っていましたが、敢闘賞止まりでした」

「先生は、ご覧にはなってませんか?」

「え?」

「ですから、私たちの劇を」

学業発表会には、OGも審査員として多く呼ばれる。凜子も毎年招待を受けてはいるが、今まで一度も参加したことがない。

「ごめんなさい。見ていません」

下手《へた》に言い訳するのもなにか変なので、凛子はきっぱりと言った。「ああいう場所は、苦手なもので、一度もお邪魔したことがないんですよ」

「そうなんですか」福井結衣子は、残念そうに肩を落とした。「いい出来だったんですよ、本当に」

「それで、その劇がどうしました?」

「え?」

福井結衣子の視線が、また、宙を漂う。

凛子は繰り返した。

「それで、その劇がどうしました?」

「えっと」福井結衣子は、視線をぐるりと巡らせると、ひとり頷いた。「そう。……クラスの半分が裏方、半分が演者として劇に出演したんです。裏方と演者は、くじ引きで決めました。私は、演者が当たりましたので、ちょっと恥ずかしかったけれど、舞台に立ったんです」

福井結衣子は、それから延々と、劇ができあがるまでのあれこれを話し続けた。それはひどく退屈な内容で、このまま聞き続けていると人生の重大な損失に当たるような気がして、「もう、分かりました」と、いったん、中断を促した。

が、福井結衣子はやめなかった。

「劇のあらすじを簡単に説明すると……」

そして、いよいよクライマックスだとばかりにその両肩をぷるっと震わせると、舞台役者ばりに声を張り上げた。

「とあるホテルのレストランに、次々と生徒たちがやってくるんです。でも、彼女たちは、みな死んでいるんです」

「死んでいる？」

「そう。死んでしまったんです。六月三十一日の同窓会の案内をもらって」

「ホラーですね」

「そう。ホラーとミステリーが融合した劇です。そのレストランに集まった生徒たちは、どうして自分は死んだのか、そして六月三十一日の同窓会の意味とはなんなのかを、推理していくんです」

「なるほど」

いかにも、学生が好きそうな内容だと、凜子は苦笑いを嚙みしめながら、タイマーを見た。基本、法律相談は三十分。あと五分だ。この五分を適当にやり過ごして、体よく追い出そう。などと、考えていると、

「……陽奈子さんと多香美さんも、その劇に出演していたんです」

福井結衣子は、いよいよ本番とばかりに、背筋を伸ばした。

「殺される役として」

「え？」

福井結衣子の話の中に、ようやく本題が見えたような気がして、凜子は身構えた。

「先生もご存じの陽奈子さんは、あんなことになりました。そして、多香美さんも……」

「ええ、知ってます、亡くなったんですよね？」

「はい。あと、事件にはなっていないのですが、その劇に殺される役として出ていた子がひとり、先日、自殺しました」

「え？」

「つまり、あの劇に出ていた人が、三人、死んだんです。……これは、偶然でしょうか？」

福井結衣子は、タオルハンカチを握りしめると、言った。

「そして、私も殺される役として、出演していたんです」

タイマーのアラームが、部屋中に鳴り響く。福井結衣子は、「あっ、もう時間ですか？」と不安げに、視線を漂わせた。

しかし、凜子はそのアラームをそっと止めた。

「大丈夫ですよ。お話の続きをお聞かせください」

正直に申しますと、六月三十一日の同窓会のことは忘れていたんです。そんな伝説があったことも、そんな劇に出演していたことも。

私は割と、現実主義者で、幽霊とかＵＦＯとか、そういった類《たぐい》のことは信じない質《たち》なんです。学生時代も、クラスメイトが心霊写真だこっくりさんだと騒いでいても、私は気に留めたことがありませんでした。

六月三十一日の同窓会のことを思い出したのは、多香美さんと陽奈子さんの死から、しばらく経《た》った頃です。

新聞で、陽奈子さんを歩道橋から突き落としたという人に二年六ヵ月の実刑が下った、そんな記事をみつけたときでした。

「人を殺したのに、そんなに軽い刑なの？」と、私は、憤りました。いえ、恐れたんです。殺人者がたった二年六ヵ月で野に放たれる……ということに。しかも、その人も蘭聖学園のＯＧだというじゃありませんか。生《い》け贄《にえ》を探す鬼婆《おにばば》の姿をイメージしてしまいまして、私は震えました。そんなとき、〝六月三十一日の同窓会〟の案内状が届いたんです。

もしかしたら、次は、私の番？

そんな妄想に、一瞬にしてとりつかれてしまったのです。

そして、『六月三十一日の同窓会』というタイトルの創作劇のことを思い出したんです。

実は、私はあの劇はあまり好きではありませんでした。あまりに非現実的で荒唐無稽、そしてホラー色が濃く、そういうものに一切興味がなかった私ですから、退屈ですらありました。ですから、その劇の内容をあまり記憶にとどめていなかったのですが。

ええ、もちろん、私も出演はしていましたが、台詞がふたつ、みっつあるかないかの、冒頭ですぐに死んでしまうその他大勢の役でしたから、台本もしっかりと読み込むことはありませんでした。

ただ、ラストはひどく印象的で、今でもありありと覚えています。

黒衣をまとった狂気の老婆が、〝ナタ〟を振り回しながら、闇の中に消えていく……というものです。

そう、その老婆こそが、六月三十一日の同窓会の幹事で、生徒たちを次々と地獄に送り込んだ張本人でした。

そのラストと、陽奈子さんを殺害した犯人の姿が重なり、私は軽いパニックに陥りました。

だって。あの劇で、私と同じように真っ先に殺される役だった多香美さんと陽奈子さんが、すでに死んでいる。先日自殺したあの子も、……ということは、次は私？

しかし、そんな妄想も一日限りでした。翌日にはすっかり忘れ、日々の仕事に忙殺されていったのでした。

今、私は、ある会社の営業部隊で、割と責任のある役職を任されております。

私が勤めています会社は、いわゆる新興企業ではありますが、年々億単位で売り上げを伸ばし、近々上場も控えている優良企業でして、確かに仕事はきついところはありますが、その分、充分にお給料もいただいております。

……なにも自慢するわけではないのですが、去年の年収は、九百万円ほど。今年は、一千万円が見込まれています。この歳で、この金額ならば、なかなかのものだと思いませんか？　しかも、私自身が稼いでいるんですよ？

そうそう、先日、かつての同級生たちと会ったんですけれど。プチ同窓会というやつです。案の定、それとなく年収のさぐり合いがはじまりました。その中で、ひとり澄まし顔の子がいたんですけれど、たぶん、彼女は「自分こそ一番の高所得者」と自覚していたんでしょうね。まあ、旦那さんがお医者さんだし、住まいも横浜の高級住宅地のマンションということですから、そうなんでしょう。

でも、なにかおかしくなりました。自分で稼いだお金でもないくせに、なにを偉そうに……と。

私は、自分の才覚だけで、一千万円近く稼いでいる、このバッグもアクセサリーも、自分の甲斐性で買っているのだ。一方、あなたは、養われている身。旦那に捨てられたらただの無職の女よ。

もちろん、そんなことはおくびにも出さないで、私は、「羨ましい」という眼差しを、その子に注ぎました。「私も結婚して、優雅な専業主婦になりたいなぁ」と、身をよじりながら。

そんなバカバカしい演技をしていると、ある疑惑を、突きつけられたのでした。

「そういえば、結衣子さん。お母様は、お元気？」

そう訊いてきたのは、地元で家事手伝いをしているというユキノさんでした。

ところで、私は、今は地元を離れ、中目黒《なかめぐろ》のマンションで一人暮らしをしています。実家には、母が住んでいます。姉がいましたが彼女は嫁ぎ、父は五年前に亡くなりました。

「母が、……どうしたの？」

ユキノさんの問いに、私は問いで返しました。

そういえば、最近、母には会っていない。最後に会ったのは……一年半前？　……というのも、私は母が苦手で、どうしても話がかみ合わず、結局喧嘩になってしまうので、いつのまにか疎遠になっていたのでした。父が生きていた頃は、父が緩衝材になってくれたものですが、その父を亡くした今、他人よりも遠い存在、それが、母なのです。

母もきっと、私にはそれほど思い入れはないのだと思います。母は昔から体の弱い姉にべったりで、私のことはいつでも二の次三の次、いいえ、気にかけてくれたことはほとんどありませんでした。

親子にも、相性というのがあるんですね。いくら血を分けた仲だからといって、やっぱり、好き嫌いはあるんですよ。とにかく、私は母が苦手なんです。

でも、端から見たら、できた母親だと思いますよ。父は道楽者で、結局死ぬまで定職につかないような人でしたが、そんな父に代わって家を支えてきたのは、母だったんですから。母が昼も夜も働いて、私たちを養ってきたんですから。

え？　母の職業ですか？

薬剤師です。

実家は代々薬屋で、母が切り盛りしています。母が言うには、父は薬剤師の試験に失敗し、その穴埋めとして、薬剤師の母を嫁にもらったんだそうです。姉《あね》さん女房ということもあったのでしょうか、父は母に頼りっきりで、薬剤師の試験もいつのまにか諦め、趣味人として生きる道を選びました。

父の趣味ですか？

いろいろありましたけれど、……一番は映画です。父は、映画監督になるのが夢だったようです。いえ、夢ではありませんね。実際、映画らしきものを自主制作してましたから。『映像作家』という肩書きの名刺まで作り、それをほうぼうに配っていましたので、父のことを『監督』と呼ぶ人もいたほどです。まあ、映画監督になるのに資格はありませんから、嘘ではないと思いますけれど。でも、やはり、道楽であることには間違いありません。なにしろ、お金が入ってくることはなく、出て行くばかりでしたから。そんな父を母は悪く言うこともありましたが、私は、割と父が好きだったんです。

相性がよかったといいますか。

姉は母にべったりでしたが、私は父にべったりでした。

でも、あの家は、所詮、母の城なんです。母が女帝なのです。だから、父親派の私にしてみれば、どこか居心地の悪い場所なんです、実家は。

だから、私は割と早く独立を決め、蘭聖学園高等部を卒業するとそのまま短大には進まず東京の専門学校に進み、そして、一人暮らしをはじめたんです。

母は、私を薬学部に入れたがっていたみたいですが。というのも、薬学部に進んだ姉ができちゃった婚をしてしまいまして。大学も辞めてしまったので、母としては、私に薬屋を継がせるしかないと思っていたようです。そんな母の思いがひしひしと伝わってきて、私はそれに反抗するように、特に興味もなかった服飾関係の学校に進学したのでした。

そんな不純な動機で進んだ専門学校ですから、結局なじめず、一年で退学しました。母は今からでも大学を受験しろと言ってきましたが、私は無視し、派遣会社に登録することにしました。高卒の私に紹介される仕事はそれほど多くはありませんでしたが、二十二歳のときに今の会社に派遣されることになり、その翌年は正社員に取り立てられ、今に至ります。

母は、学歴とか体裁とか気にする人で、父も、母の心ない言葉に日々傷ついていましたが、人生、学歴ばかりではないのです。私のように高卒でも、その人の努力と才覚によって、勝ち組の階段を上ることは可能なのです。

勝ち組なんて。……ちょっと古い言葉でしたでしょうか。今は流行りませんか？

〝さとり〟世代とか言われる時代ですものね。ステイタスとかお金なんかで測る人生なんて意味がないと、そう思っている人も多いのでしょう。

でも、それは、〝さとり〟というより、〝あきらめ〟だと思うんです。

格差が固定化しつつある世の中ですから、下手にあがいてさらなる下層に突き落とされるよりは、今の階層におとなしくしがみついておこう、ということなんではないでしょうか？

でも、それでいいんでしょうか？

〝あきらめた〟というよりは、〝あきらめさせられて〟いるのでは？

そう、いいように飼い慣らされているんです、アッパークラスの人々に。この階層にいる人にとっては、下層の人にはずっとずっとそのままでいてほしいんです。そうすれば、自分の身も安泰ですからね。だから、本当はどんな人にもアッパークラスへの道は用意されているというのに、その道を隠そうと必死なんです。下手に、下層にいる人たちがこちら側を目指したら、自分たちの地位が揺らぎますからね。だから、汚い手を使ってでも、必死で守るんです、今の地位を。

……母も、どちらかというと、そういう考えの持ち主でした。アッパークラスというほどの高みにいるわけではないのに〝薬剤師〟という地位にことのほか誇りとこだわりを持ち、そしてしがみついていました。

私から見れば、みみっちいプライドですよ。

薬剤師の平均年収、ご存じですか？

たかが、五百三十万円ですよ。

薬屋を営む母だって、まあ、それに少々上乗せした程度です。

なのに、あんなにえらぶって。

あんなに、高慢で。

あんなに、人を見下して。

父が、どんな思いで死んでいったか。母から日々与えられたコンプレックスを抱きながら、父は惨めな表情のまま棺桶《かんおけ》に入ったんです。

一方、父の葬式が終わったあとの、母のせいせいしたというあの顔。

そう、母に対する疑惑が、はっきりとした輪郭をともなって具体化したのは、あの葬式のときでした。

父は、母に殺されたんではないか。

父は、ある日、突然、死にました。私が教えられている死因は、心不全ですが。

心不全。これほど便利な病名もありません。自殺した人も事故死した人も、そして殺された人も、〝心不全〟で片付けられることが多いと聞いたことがあります。

シンフゼン。

私はその言葉を、今までに何度も、耳にしました。

最初は父方の祖父が死んだとき。二回目は、父方の伯母《おば》が死んだとき。そして、三回目は、父方の祖母が死んだとき。みんな、母とはそりの合わない人たちでした。……そのあとも、シンフゼンという言葉を、不幸があるたびに聞かされました。

シンフゼン。

これは、なにかの呪文なのではないか？

そう、母が作り出した、死の呪文。

そう。母は、誰にも怪しまれることなく人を殺すことができるんです。

だって、母は、どんな薬も扱うことができるんですから。実家には、人を殺すことができる薬もたくさんあるんですから。

でも、私はなるべくそういうことは考えないようにしてきました。そりの合わない母ではありますが、私を産んで育ててくれた親であることには間違いないのです。

でも。

先日の、同級生たちの集まりの中で、ユキノさんは言いました。

「あなたのお母様、お元気？」

「どうして？」

「……噂なんだけど」

「なに？」

「これは噂で、本当はどうか分からないんだけれど」

「だから、なに？」

「あなたのお母様が、犬を捨てるのを見たって人がいるの」

「犬？」

「そう。犬の死体をね、捨てたらしいのよ」

その犬は、姉がどこからかもらってきた犬でした。私が、高等部にいた頃です。でも、姉はすぐに犬に飽きてしまい、忙しい母は犬の世話まで目が届かず、結局、私が世話をしていました。

〝みーこ〟という名前の柴犬《しばいぬ》です。

かわいい子でした。

私が家を出るときは、いつまでも、くうーんくうーんと切ない鳴き声をあげていたものでした。

みーこのことは、ずっと気になっていました。でも、まさか、死んでいたなんて。

私は、母に電話してみました。

「みーこは？」

訊くと、

「死んだわよ。シンフゼンで」

＋

福井結衣子は、目尻にうっすらと涙をためながら言った。

「前に家に帰ったときは、元気だったのに。確かに、ちょっと歳はいってましたが。でも、まだ十二、三歳です。老衰というほどの歳ではありません。……きっと、母が」

「お母様が、殺したと？」

「そう考えるのが一番、しっくりきます」

「どうして、そう思うんですか？」

「だって。……前にも似たことがありましたから。私が初等部のとき。通学路に子猫がおりまして。私、家に連れ帰ったんです。父は猫を気に入り飼うことを許してくれました。母も渋々許してくれましたが。……その翌週、猫は死体で見つかったんです。こんなこともありました。私がお祭りの夜店で買ってきたヒヨコが……」

「分かりました」

松川凜子は、時計をちらりと見た。相談時間の三十分はとうに過ぎ、一時間にもなろうとしている。話の流れでつい、延長してしまったが、福井結衣子の話は取り留めがなかった。このまま放置していたら、日が暮れるまでしゃべり続けるのだろう。午後からはテレビ収録も入っている。そろそろ、話を締めくくらなければ。

「それでは、そろそろお時間ですので」

凜子は、タイマーをいじりながら、早口で言った。「ご相談内容を簡潔にお話しください」

「ですから。さっきから言っているじゃないですか。私は、殺されるかもしれないんです。プチ同窓会のときにユキノさんだって、言っていました。『六月三十一日の同窓会』に出演していた人が次々と死んでいるねって。次は、誰かしら……って」

「そういうのは、信じないとおっしゃっていたじゃないですか」

「ええ。でも」

「殺されるとしても、誰に？」

「母です」

「だから、どうして、そう思うんですか？」

「母は、私のことを嫌っています。自分の思い通りにならない娘を、目障りに思っているんです。先日も、電話が来て。散々、なじられました。そして、言われたんです。いっそ、死んで……って」

「そんなの、ただの言葉の綾《あや》でしょう」

「いいえ。母は、私を殺そうとしているんです！　私には分かるんです、そんな予感がするんです！」

「ですから、いくらなんでも、それは飛躍しすぎでは？　それに、そんな予感がするというだけでは、私どもはなんのお手伝いもできないんですよ」

「なら、やはり、警察に相談したほうが？」

「警察だって、同じですよ」

「でも、最近の警察は、ストーカー対策には力を入れているって」

「ストーカー？」

「はい。母にストーキング行為されているのは間違いないんです」

福井結衣子は、せっぱ詰まった様子で、タオルハンカチを握りしめた。「証拠もあるんです」

「証拠？」

「はい。これを見てください」

そして、一枚の紙をテーブルに滑らせた。

「これは？」

「郵便局で、コピーしてもらったんです。私の転居届です」

「……転居届？」

「おかしいとは思ったんです。今月に入ってから、私のところにちっとも郵便物が届かないので。郵便局に問い合わせたら、転居届がでているって。……住所変更先の住所を見てください」

「これは……」

「私の実家の住所です」

「つまり、あなたの郵便物は、すべて、あなたの実家に転送されていたと？」

「そうです。私の母の仕業です。この文字は、母の筆跡です」

福井結衣子は、転居届のコピーに、人差し指をきりきりと突き立てた。

「母が、勝手に転居届を出して、私への郵便物を、自分のところに集めていたんです。……これって、立派な犯罪ですよね？　それだけじゃないんです。私、尾行もされているようなんです！　私、どうしたらいいんでしょうか？」

2

「福井結衣子さんって、もしかして……」

テーブルの端に置いた名刺を覗き込みながら、カップを下げにきた海藤さんが探るように言った。

「先月、相談にこられた、狭山《さやま》さんのご家族なんでは？」

「そう。狭山路子《みちこ》さんの妹さんみたい」

狭山路子。一ヵ月前、このテーブルに着いた相談者だ。蘭聖学園の八十二期生だったか。

彼女の相談は、妹の素行についてだった。

狭山路子いわく、妹が怪しい会社に勤めていて、そのせいで、家族が大いに迷惑している
……ということだった。なんでも、手当たり次第、怪しげな健康器具や水やアクセサリーを
〝投資〟といううたい文句で売りつけているというのだ。

「アッパークラスコミュニケーションズ……」

海藤さんが、名刺に書かれた会社名を読み上げた。

「これ、マルチ商法で荒稼ぎしている会社じゃないですか。『アッパーになろう！』がキャッチコピーの」

「そうね。うちにも、被害にあった人が何人か、相談にきている。でも、今のところまだグレーゾーンで、摘発まではいってないけれど。……でも、時間の問題ね。被害者の会が組織されるって聞いた」

「あの人、こんなところで働いていたんだ……。なら、ご家族もさぞ、大変でしょうね。この会社の被害にあった方には、自殺された方も多いんですよね？　多額な借金を背負わされて」

そう。この会社は怪しいものを買わせるだけでなく、高利のローンを組ませて、顧客をとこ

とん追い込んでいると聞いた。どうも、闇金とつながりがあるらしい。福井結衣子の姉である狭山路子の話だと、福井結衣子も同窓会名簿に載っている人を次々と勧誘し、ローンまみれにしているというのだ。中には、福井結衣子の実家に直接被害を訴える人もいるらしく、そのたびに母親がローンを肩代わりしているとも聞いた。

「それだけじゃないんです。先日、とうとう、自殺者まで出てしまいまして」

狭山路子は、涙ながらに言った。

「妹の親友です。高等部の三年間、ずっと同じクラスだった子で、とてもいい子でした。彼女は、妹を信じてローンを組んだんです。五百万円。でも、半年もしないうちに、利子が利子を呼んで、三千万円までに膨れ上がったそうで。アルバイトをしたりして返済していたようですが、いよいよ払えなくなって。……自殺してしまったんです。その子の母親が実家に怒鳴り込んできて。……どうしたらいいでしょうか？　私も母も、妹を何度も叱りつけたんです。でも、ひとつも聞いてくれなくて。それどころか、逆切れして、手が付けられないんです。『お姉ちゃんばかり贔屓《ひいき》して、私のやることは全部否定して！』と、昔の些細な恨み言をあれこれと並べ立てるんです。あの子は昔からそうなんです。僻《ひが》み根性が激しくて。もう、私たちだけでは、どうにもなりません。どうしたら、妹の愚行を止められるでしょうか？」

あのときは、

「ならば、証拠を集めてください。妹さんの愚行の元凶は会社なのですから。会社の反社会的行為を証明するために、あらゆる証拠を集めることをお勧めします。妹さんを救うには、会社を摘発するのが一番でしょう。もちろん、そうすることで、妹さんもなにかしらの罪にとわれることになるかと思いますが、そのときは、私にご連絡ください」

というようなことをアドバイスした。そして、興信所も紹介した。

その結果、あの姉と母親は、福井結衣子の転居届を出したのだろう。なにかしらの証拠を集める一環として。

要するに、今回の件は、福井結衣子の身から出た錆《さび》なのだ。『六月三十一日の同窓会』は無関係なのだ。

あの劇に出演していた人が、次々と殺される？

馬鹿馬鹿しい。

もっとも、福井結衣子は、自業自得で社会から制裁を受けることにはなるだろうが。

そう。だから、〝六月三十一日の同窓会〟の案内状など、気にすることはないのだ。ただのいたずらなのだ。

さあ。そろそろ、支度をしなくては。

テレビ収録まで、あと四時間だ。

3

「同窓会って、行かれますか？」

メイクさんが、唐突に話題を変えた。チークブラシを持つ手が止まる。

「同窓会？」

松川凜子は、鏡越しに応えた。

「先日、同窓会の案内が来たんですけれど……行こうかどうか、迷っているんです」

「いいじゃない、同窓会。初恋の人に再会して恋が芽生えたりして？」

「それは、ないですよ。だって――」メイクさんの手が再び動きはじめる。

「だって、私、女子校ですもの」

彼女は、ティッシュを一枚引き抜くと言った。

「え？　そうなの？」そんなつもりもなかったのだが、鏡の中の自分は「意外だ」というような顔をしている。凜子は、咄嗟に取り繕った。

「学校はどちら？」だからといって、こんな質問も不躾だったかもしれない。凜子は慌てて次の質問を探したが、

「地方の女子校ですよ。ですから、言っても、きっと、ご存じないと思います」

と、彼女は無表情で応えた。

その言い方が突き放す様子だったので、なにか気に障ることを言ったかしらと、凜子は引き続き言葉を継いだ。

「私、高校時代、変な綽名をつけられていてね」

「綽名？」

「そう。入学してすぐの頃、法律を持ち出して、クラスメイトを注意したことがあったのよ。……嘘をついて掃除をさぼろうとしている人がいたから、『刑法○条では、嘘をつくことを禁じている。罰則は……』なんて感じで。そしたら、早速、法律おばさんって綽名をつけられたのよ」

「ひどいですね」メイクさんの顔から、再び表情がなくなった。「そうやって、すぐに悪意ある綽名をつけるんですよね、あの頃って」

「そうね。でも、悪意というより、ただの無邪気ね」

「無邪気ですか。悪意よりも、質が悪いですね」

「そうかも……しれないわね。それで、同窓会、行くの？」

「うーん。行かないかな？」

「行かないの？」

「だって、そんな仲良かった人がいるわけでもないし、そもそも、いい思い出もないし」

「そう……」

「同窓会って、なんなんでしょうね？」

「え？」

「同窓会って、なにか、後ろ向きな感じがするんですよね。古傷をえぐるというか。少なくとも、明日への活力のためにあるような気がしないんです」

おもしろいことを言う。

そうね、確かに、同窓会って、どこかネガティブな響きがある。新たな出会いなどもちろんなく、あるのは、一度切れたはずの縁の残滓《ざんし》だ。そんな澱《よど》みからなにを見つけようと、人はわざわざ、同窓会に集うのか。それを言葉にしようとしたとき、携帯電話が鳴った。

事務スタッフの海藤さんからだった。

「先生。大変です」

「どうしたの？」

「今、連絡があったのですけれど」

「だから、どうしたの？」

「福井結衣子さんが、亡くなりました」

第五話　矢板雪乃の初恋

1

「ね、これはどういうことなの？」

陽奈子は、前に出されたまるごとのリンゴを見つめながら言った。

「だから、ナイフとフォークで食べるのよ、そのリンゴ」

多香美が、したり顔で意地悪く笑う。

「ちゃんと、習ったでしょう？　まずは、リンゴをフォークで固定して縦にナイフを入れてふたつに割って――」

そして自分の前のリンゴに、見本を示すように、フォークを突き刺した。次に、ナイフでぐさりと、切れ目を入れる。

「そうじゃなくて。……ここは、どこ？」

「だから、ホテルニューヘブンよ。忘れたの？」

「名前は、覚えている。でも」


違う！

そうじゃない！

もっと、感情を込めて！


さながら電車の警笛のような怒声が教室に響きわたる。

私は、自分のことのように、びくっと肩を震わせた。

隣を見ると、他の子たちも体を竦めている。しかし、中にはあからさまに本音を態度で示す子もいて、それは小さな舌打ちとなって、ぽとりと床に落ちた。

「なに？」

彼女の視線が、じろりとこちらに向けられた。

私の肩が、またもやびくっと反応する。それがいけなかったのか、その視線は私の前で止まった。

ああ、これこそ、蛇に睨《にら》まれた蛙《かえる》。

こういうときは、笑うしかない。が、これがまた、いけなかった。

「ふざけないで！」

怒声が、再び、教室を巡る。

宮坂馨《みやさかかおる》。綽名はカントク。

誰がそう呼びはじめたのかは知らないが、これほどまでにその体を表す綽名もないだろう。仁王立ちするその姿の、なんと猛々《たけだけ》しいことか。鷲《わし》のような鋭い瞳、太い眉、そして、夏服の半袖からのぞく二の腕の、たくましさ。

ああ、馨の君。

私は、怒られているという状況に反して、嬉しさで胸がいっぱいだった。頬だって、こんなに熱い。

だって、こんなふうに見つめられたことなんか、今までないもの。中等部から同じクラスだったけれど、馨の君とはろくにお話ししたことないわ。馨の君はいつもみんなに囲まれて。私はそれを遠くから眺めているだけ。

でも、今は違う。今、馨の君の角膜に映し出されているのは、私の姿。馨の君の角膜を独占しているのは私。……どうしよう。心臓がこんなに。聞こえる？　私の心臓の音。ね、馨の君。

「もう、抜けたいんですけど？」

なのに、こんな声が飛び込んできて、馨の君の注目はあっというまに私からはずれた。

「抜けたい？」

「だって、もう三時半だよ？　部活に行きたいんですけど？」

言葉は丁寧だったが、それはあまりに人の神経を逆撫《さかな》でする言い方だった。

慇懃無礼《いんぎんぶれい》とは、まさに、このことね。

私は、無礼者を睨みつけた。

咲穂さん。通称、コメンテーターだ。

「部活に行きたい？」

馨の君の声が、ベースの低音のように床を這《は》う。

ああ、この声。たまらない。むずむずしちゃう！　……などと、乙女《おとめ》チックな気分に浸っている場合ではないと、私もさきほどから認識していた。

今日の馨の君は、すこぶる機嫌が悪い。

そのせいか、今、この教室の空気は、刑務所のように重く寒々しかった。……もちろん、刑務所なんて行ったことはないけれど。

「あんたら、なに寝言いってんのよ！」

馨の君が、拳銃を振り回す警官のように、手を振り上げた。

「本番まで、あと一ヵ月もないんだよ？」

本番とは、蘭聖学園恒例の、学業発表会のことだ。

年に一度行われるこの行事は蘭聖学園の目玉で、この日のためにほかの三百六十四日があると言っても言い過ぎではなかった。四月から本格的な準備がはじめられ、本番の十一月に向かってクラスが一丸となる。

特に高等部一年生時の学業発表会は「シニアデビュー」とも呼ばれ、「ジュニア」と呼ばれる初等部・中等部とは一線を画す、まさに「大人の鑑賞に堪え得る」本格的なものを発表しなくてはならない。その発表の場も学園の講堂ではなく、市の文化センターだ。ただの文化センターではない。世界的建築家による設計で、世界最大級のオーストリア製パイプオルガンも設置されている、こけら落としのときは全国ニュースにも取り上げられた、瑠璃市自慢のコンサートホールだ。総工費百億円、客席二千。誰でも名前を聞いたことがあるような一流アーティストたちが何人もその舞台を踏んでいる。そこに立つのだ。それだけ、力も入る。

その反動なのか、波乱も多かった。

まず、出し物。決定するまでに、約二ヵ月を費やした。

ああでもない、こうでもないと議論が続き、合唱かそれともブラスバンドか……と絞り込まれたところで、ついにはクラスがまっぷたつに分かれる始末。まるでロミオとジュリエットのモンタギュー家とキャピュレット家のように、反目しあうこと一ヵ月。企画を生徒会に提出する期限にはもう間に合いそうもないというときに、誰かが言い出した。

「劇をやらない？」

それは、今まで誰も口にしたことがなかったアイデアだった。合唱かブラスバンドか、その二択しか頭になかったみんなは、だからはじめはぽかーんと口を半開きにするだけだった。

が、

「あ、それ、いいじゃない？」

と、誰かが提案に乗った。

「うん、悪くない」

「だね。いいかも」

と、救援ボートに群がる遭難者のように次々と賛同者が現れた。そして、それまでの反目が嘘のようにとんとん拍子に事は運び、演目決定日のぎりぎりでそれは受理された。

が、そのあとが、また波乱続きだった。

劇をするのは決定した。で、なにをやる？　既存の戯曲を取り寄せてみるも、そこでまた意見が割れた。ああでもない、こうでもない。それは熾烈《しれつ》を極め、議論を取り仕切るクラス委員長……多香美さんの胃に穴が空くほどだった。ああ、またしても、内紛勃発。今回の学業発表会はじり貧だね……と誰しもが諦めかけていたとき、

「なら、オリジナル脚本で行こうよ」

と誰かが言い出した。それは半ば投げやりな提案だったが、

「あ、それ、いいかも」

「うん。悪くない」

「うん、オリジナルで、いこう」

「賛成」

と、ここでもぎりぎりで、話がまとまった。

……このクラスは、毎回そうだ。それぞれの個性がぶつかり合って、それぞれの負けず嫌いが爆発し、妥協という言葉がどこかへふっ飛び、泥沼と化す。そしてへとへとに疲弊しきったところで、待ってましたとばかりに誰かが新たな小石を投げる。それが合図となり、クラスが一気にまとまる。

ちょっと面倒だな……と、毎回思う。自分は、勝ち負けには特にこだわりはない。どっちでもかまわない。なにがいいとか、なにがいやだとか、そんな主張もあまりない。流されているのが一番だ。でも、どちらがいいの？　と責められたときは、とりあえず、馨の君の顔をちらりとうかがう。そして馨の君が選択した方。……それが、私の選択の動機のすべてだ。

いつだったか、そんな私をクラスメイトが揶揄《からか》ったことがある。

「雪乃《ゆきの》さん、もしかして、馨さんが好きなの？」

そう言われたとき、体中を巡ったのは、甘くて刺激的な恥じらいだった。大切な秘め事を覗

かれたような気分になって、私はたまらず、逃げ帰った。まだ授業があるというのに。

はじめは、ただの友情だと思った。

でも、友情にしては、少々、その思いは度を越していた。

彼女の声を聞くだけで心臓に大量の血液が送り込まれ、彼女の姿をちらりと見るだけで体中に血液が氾濫する。その声が聞こえないとそわそわと落ち着かなく、その姿が見えないと暗闇を彷徨《さまよ》う子供のように不安で死にたくなる。

たぶん、それは初恋だった。

そう、初等部の入学式のとき。はじめて見たときから、その思いははじまっていた。隠し撮りした彼女の写真をいつでも懐に忍ばせ、彼女の言葉ひとつひとつを日記に記す。これが、この九年間の、私の日常だ。

馬鹿馬鹿しいと笑われても、変態だと気持ち悪がられても、この気持ちは止められない。

馨の君が好き！

そんな思い人が、「オリジナルの脚本で行こう」という意見に同意したからには、私にも異存はなかった。「素人《しろうと》の高校生に、脚本なんか、無理じゃない？」という本音を隠し、「うん、オリジナルでいいと思う」と私は、頬を火照らせながら言った。その視線の先には、もちろん、馨の君。

しかし、波乱はまだまだ続きそうだった。

なら、誰がそれを書く？　という段になって、案の定、不穏な空気が立ちこめた。が、これ以上胃に穴を空けたくないとばかりに、委員長が半ば強制的に言った。

「班ごとに、脚本のあらすじ《シノプシス》を最低一本、出すこと。それをみんなで回し読みして、選挙で決めます」

果たして、シノプシスは五本提出された。それはどれもこれも似たり寄ったりの、特にわくわくするような要素など一切ない、稚拙なものばかりだった。ただ、ひとつ、まるでプロが使用するような原稿用紙に書かれていたものがあった。それはシノプシスというよりは完成された脚本で、その内容はひとつもおもしろくはなかったけれど、ここまでやったのならもうこれでいいんじゃない？　とみなに思わせるには十分な仕上がりだった。

それは、クミコさんが書いたもので、本人は「私、あまり興味ないんだけど」とことあるごとに言っていたくせに、やはり、それはポーズだったようだ。

クミコさんは、昔からそうだった。生来の目立ちたがりのくせして、決してそれを表に出さない。他人から推されて渋々前に出る……という体を必ずとる。彼女とは初等部の三年、四年のときに同じクラスだったが、そのときも、なにか選挙があるたびに根回ししていたことをよく覚えている。いつだったたか、初等部の児童会役員の選挙があったときは、リバティのハンカチをもらったっけ。あのときはそれが功を奏してぎりぎりで書記に選出された。

「まあ、今回も、あの子の根回し勝ちね」

などと、頬杖《ほおづえ》をつきながら、斜め前に座る馨の君のたくましい腕に見惚《みと》れていた私だったが、結果は意外な展開を見せた。

土壇場でまったく別の人に白羽の矢が立てられたのだ。

それを言い出したのは、確か、委員長の多香美さんだったと思う。

「私、推薦したい人がいるんですけど」

たぶん、それは、委員長のちょっとした意地悪だった。

最終候補に挙がっていたのは二人。そのうち、クミコさんにほぼ決定しかけていた。あとは、最終多数決で正式に指名されるだけだった。クミコさんもそのつもりだったと思う。「私、いろいろ忙しいから、ちょっと困るんだけど。ああ、ほんと、困っちゃう」と言いながら、その表情はまんざらでもなく、……いや、もっといえばやる気満々だった。が、土壇場で、委員長は言ったのだった。

「私、恵麻さんを最終候補の中に入れたいと思うんですけど。どうでしょうか？」

クラスの視線が、廊下側の一番前に座る恵麻さんに注がれる。

恵麻さんは、高等部からの編入組だ。そのせいか、まだこのクラスには馴染めていなかった。同じく編入組のあの子とばかりつるんでいる。ふたりの蜜月振りは危うくて、ゴールデンウィークのときには、ちょっとした問題を起こした。池袋でうろついているところを補導されたのだ。そのときはどんな情が下されたのか特にお咎《とが》めはなかったようだが、二人の蜜月はますます深まるばかりだった。

それは、クラスのちょっとしたしこりになっていた。

あの二人と仲良くしなくてはいけない。そう思いながらも、なかなか壁が崩せない。あちら側が築き上げた「どうせ私たちは余所者よ」という壁と、こちら側が築き上げた私たちは初等部からずっと一緒なのよという壁。この二重の壁はなかなかに厚く、ちょっとやそっとの愛想笑いぐらいじゃ、到底、壊せるものではなかった。それでも、もう同じクラスになって三ヵ月が過ぎようとしている。さ来週からは夏休みなのだ。それまでに、全部とはいわないがその一部でも壁を壊しておかないとこれからの三年間、ずっと乖離《かいり》したままになるだろう。そんなことはあってはならないと、解決の糸をずっと模索していた担任が、まずは委員長の意見に食いついた。

「そういえば、恵麻さんは、中学校の頃に、読書感想文で全国優勝しているのよね」

担任の一言で、どよめきが起こる。

「読書感想文とシナリオじゃ、全然性質が異なると思うんだけど」

そう、つぶやいたのは、通称コメンテーターの咲穂さん。が、その言葉は、委員長の言葉にかき消された。

「その感想文、私、新聞で読みました。同じ歳の人が書いたとは思えないほど、素晴らしい感想文でした。まるで大人の評論家が書いたような完成度。度肝を抜かれました。うちの母なんかは『こういうのを天才というのね』と大絶賛していました。私も恵麻さんの文才は、目を見張るものがあると思います。ですから、恵麻さんも、最終候補に入れてみてはと思うんですけど」

委員長の提案に、

「それは、いいわね。そうしましょう」

と、担任が、同意した。

この二人のやりとりは、どこか芝居じみていた。たぶん、示し合わせていたのだろう。クミコさんをよく思っていない委員長と、なんとしても編入組をクラスに溶け込ませたいという担任の想いが一致したようだった。

そして、その名前が黒板に追加された。

「恵麻さんは、どんな脚本を書くんでしょうね」チョークを軽快に黒板に滑らせながら、委員長。

「恵麻さんなら、きっと、いい脚本が書けると思うわ」黒板に書かれた名前を眺めながら、担任。

「恵麻さんなら、私たちとは違う、まったく別の視点から物語を紡げそうですね」

「ええ、きっとそうよ。恵麻さんは、とてもおもしろい視点を持っているもの」

委員長と担任の掛け合いが続く。担任と委員長にそんな道筋を作られたからには、もう恵麻さんを推すしかないと、クラスみんなが思いはじめる。

「とんだ茶番だ」

まるで時代劇の台詞のように、コメンテーターが吐き出した。が、やはり彼女の言葉はクラスに届くことはなく、その数分後、恵麻さんが圧勝。

そして、恵麻さんの意思を一度も聞くことなく、彼女が創作劇のシナリオを書くことになった。

「なにこれ。多数決の乱用もいいところ」コメンテーターが、ひとり、毒づく。

「本当に、これでいいの?」

そして、恵麻さんにも食らいついた。

「このままじゃ、ただ面倒を押し付けられるだけだよ? 断るんだったら、今だよ?」

しかし、恵麻さんはのろのろと立ち上がると、「はい、分かりました。書きます。よろしくお願いします」と、頭を下げた。


それからは、まさに早送りの画像のようにとんとん拍子だった。

その一週間後にはシナリオは出来上がり、それは見事としか言えないような仕上がりだった。

『六月三十一日の同窓会』

蘭聖学園でまことしやかに囁かれている伝説をモチーフにしたもので、少々御都合主義的な展開ではあったが、ミステリーとホラーが融合した、先が気になって仕方がないエンターテインメントに仕上がっていた。

ただ、担任は躊躇《ためら》いの表情を見せた。

内容が、あまりに面白すぎる。これが市場に出回る娯楽小説ならば文句はない、が、あくまで、教育の場で発表されるものなのだ、〝面白すぎる〟ものは相応《ふさわ》しくない、しかも、殺人なんて品位が損なわれます……というようなことを遠回しで担任は説いてみせたが、

「でも、市場に出回っている娯楽漫画をもとにした演劇も、学業発表会で過去に上演されています。シェイクスピアの『ハムレット』も上演されたことがありますが、あれはまさに殺人のお話です。殺人どころか裏切り、不倫、復讐《ふくしゅう》のオンパレード。それらがよくて、これがダメというのは、理屈に合いません」

と、反論したものがいた。

それこそが、馨の君だった。

馨の君の言葉で、クラスはますます一丸となった。担任という仮想敵を前に、『六月三十一日の同窓会』を上演して成功させるのが自分たちの使命だとすら思うようになっていた。

そして、敵に果敢に立ち向かっていった馨の君を総監督にして、『六月三十一日の同窓会』は本格的に始動した。

2

（二〇一五年五月二十五日月曜日）


「ずいぶんと、乱暴な方法で決定したんですね」

松川凜子は、半ば呆《あき》れ顔で、カップをティーソーサーに戻した。

凜子は、瑠璃市に来ていた。

新宿駅から快速電車で約六十分。鎌倉市と逗《ず》子《し》市に挟まれた瑠璃市は、二つの町が合併してできたわりかた新しい市だ。

合併するときに騒動があったのをよく覚えている。凜子が中学一年生の頃だ。毎日のように、郵便ポストにビラが投函されていた。「合併は断固反対」と「早急に合併すべし」。それらは合併によるメリットとデメリットをそれぞれの立場で訴えたものだったが、凜子にはそれが、ひどくおもしろく感じられた。同じ事柄も、立場が変わればこれほどまでに見え方が違ってくるものか。反対派が善だと訴える事例も、推進派にとっては悪となる。

凜子が、弁護士という職業を意識しはじめたのは、これがきっかけだったかもしれない。反対派と推進派、それぞれを擁護する弁護士の言葉に、社会の仕組みを垣間《かいま》見た気がした。

要するに、世の中に明確な正義などない。もっといえば、善と悪も突き詰めればコウモリのようにどっちつかずだ。

だからこそ、主張が重要なのだ。自分側から見た〝正義〟を誰から見ても〝正義〟と映るように、その全体にあますところなく光を当てる。影ができてはいけない。少しでも影ができれば、あっというまに他方面から当てられた照明によって、それは違う色で照らされてしまう。

……真実はひとつ。探偵ドラマや刑事ドラマではおなじみの言葉だが、その言葉が〝真実〟ではないことはもうみなの知るところだ。〝真実〟は、相対的なものだと、誰もが承知している。

凜子は、ティーソーサーから、再び、カップを浮かせた。

目の前に座る女性もまた、カップを唇に持って行く。

目の前に座る女性は、矢板《やいた》雪乃と言った。八十九期生で、柏木陽奈子、本田多香美、福井結衣子と同じクラスだった女性だ。

今年で二十九歳。

なのに、少女の面影を残している。肩までのばした黒髪は無造作だが、それはかえって今風の〝ゆるふわ〟を演出し、生成りのプルオーバーは流行りのフレンチリネン、その肩にさりげなく羽織っている緋色《ひいろ》のカーディガンもまさに今時の着こなしだ。テレビ局のスタイリストが、まさにこんな感じのファッションをしていたと、凜子は彼女が乱発していたファッション用語をフル回転で思い出していた。彼女もそこそこの美人で垢抜《あかぬ》けていたが、矢板雪乃のほうがさらに洗練されている。それはきっと、生まれ持った雰囲気だ。そして、育ちのよさか。矢板雪乃は、この街でも有数の名家の娘だ。英国風にいえばアッパークラス。かつては爵位を持っていたはずだ。

凜子がそんなお嬢様とこうして会うことになったのは、なにも偶然ではない。

福井結衣子の葬式が行われたその日、凜子に連絡を入れてきたのが、彼女だった。

「次は、私が殺されるかもしれません」

矢板雪乃は、福井結衣子と同じことを言った。

どうしてそう思うのですか？　と訊いてみると、

「『六月三十一日の同窓会』って、ご存じですか？」

と、やはり、福井結衣子と同じことを返してきた。

それまでは、なるべくそのことについては考えないようにしてきた。またはただの都市伝説の類《たぐ》いだと、割り切っていた。

が、福井結衣子が亡くなったという知らせは、凜子にある種の恐怖を植え付けていた。と同時に、好奇心も揺すり起こしていた。

福井結衣子は言った。

『六月三十一日の同窓会』という劇に出演していた人が、順番に殺されているのではないか？

と。

　そのときは、ただの戯《ざ》れ言《ごと》だと思った。それよりも、福井結衣子が携わっている仕事の違法性のほうがよほど重大だと思った。

が、彼女は死んだ。その事実は、凜子の関心を独占するのに十分だった。そんなとき、矢板雪乃から電話があったのだった。

「先生にぜひ、ご相談したいのですが」

　そして、今日、凜子は瑠璃市文化センター内にあるカフェに赴いた。

「本当に、今日は、ありがとうございました。わざわざご足労いただいて、本当に申し訳ありません。本来ならば、私のほうが、先生のところにお伺いしなくてはならないというのに」

　凜子を見つけると、矢板雪乃は三十度に美しく腰を折った。蘭聖学園で繰り返し教えられたお辞儀のひとつだ。自分は結局身に付かなかったけれど。その代わり、凜子はアメリカ人がするように大袈裟《おおげさ》に肩を竦めながら言った。

「いいえ、私も、福井結衣子さんのことが気になって。それに、ちょっと、こちらに用事がありまして。……ついでなんです」

　嘘ではなかった。実を言うと、矢板雪乃以外からも、何人か相談の電話があったのだ。「次は、私が殺されるかも」と。

「もしかして、他にも、私と同じような相談をする人が?」矢板雪乃は、コーヒーで濡れた唇をハンカチで拭いながら言った。

「……ええ、まあ」

「昨日、結衣子さんのお葬式だったんです」

「ええ、そうみたいですね。私は伺えませんでしたが」

「この一年で、四回目ですよ? それで、昨日集まったみんなも、さすがにこれは変だってことになって。それでも、ただの偶然よね、深く考えるのはよしましょう……って別れたんですけど。……でも、私、やっぱり、心配で。それで、居ても立ってもいられず、先生にお電話したんです」

「なるほど。きっと、他のみなさまも同じお気持ちだったんですね」

「なにかあったら、松川先生に相談するように……って、在学中から言われていたものですから、私たち」

「……そうですか」

「でも、まさか、本当にお世話になるなんて、思ってもみませんでした」

「どうして?」

「だって、先生は弁護士さんでしょう? 私の人生で、弁護士さんのお世話になるような面倒が降りかかるなんて、ひとつも考えたことがなかったんです」

矢板雪乃は、チーズケーキを包むフィルムをフォークに器用にくるくる巻き付けながら、続けた。

「……自分で言うのもなんですが、私、生まれてこの方、ずっと凪《なぎ》の海のような生活を送って来たものですから。両親ものんびりとした人たちで、喧嘩なんかもほとんどしたことがありません。諍《いさか》いやトラブルにも直面したことはなくて、そんなのは、テレビドラマや小説の中でしか起こらないものだと思っていました」

「珍しいことではありません。マスコミはなにか事件があるとまるでそれが社会全体の闇だとばかりに煽《あお》りますが、大半の人は、弁護士の世話にはならずに平穏に暮らしているものです」

「だといいのですが」矢板雪乃はフォークをいったん皿に置くと、小さくため息をついた。

「……というのも、私は人よりも恵まれていて、もしかしたらそれはとてつもない悪なのではないかと、心配していまして」

「面倒がないことが……悪？」

「はい。だって、世の中、平等なんですよね？　学園長だって朝礼のたびにおっしゃっていたし、校訓にも謳われているじゃないですか」

平等であれ、純潔であれ、正しくあれ。

蘭聖学園の校訓だ。

矢板雪乃が言う通り、三つの校訓のうちの筆頭を飾るのが〝平等〟で、凜子の時代にも、学園長はことあるごとに〝平等〟を口にしていた。

「All men are created equal. 人はみな、平等に造られている」

そして、その後に、必ずこうも言った。

「The rain falls on the just and the unjust. 恵みの雨は、正しい者にもそうでない者にも、平等に降る」

マタイ伝からの一節だが、これには、少々誤りがある。いや、ミスリードと言ってもいいだろうか。原文には、〝恵み〟という記述はない。ただの〝雨〟。ここでは、〝災い〟と訳したほうが正しいだろう。つまり、正しい者にも災いは降り掛かる……という意味だ。しかし、それはなんとも残酷な教えだ。前途ある少女たちには不条理すぎる。だから、学園長はあえて、意味を曲げて伝えていたのだろう。しかし、生徒たちの大半は、その意味を正しく理解していた。たぶん、目の前の、矢板雪乃も。

「そう、どんな人にも雨は降る」矢板雪乃は、チーズケーキの角をフォークで潰しながら呟いた。「でも、心のどこかで、私だけは大丈夫って思っていたんです。だから、松川先生にお世話になるようなこともないって」

言葉が途切れる。チーズケーキはみるみる崩壊し、ついには哀れな白い塊と成り下がった。

凜子は、言葉を繋いだ。

「それで、『六月三十一日の同窓会』の件なんですが」

「え？」我に返ったように、矢板雪乃の目玉がぎょろりと見開く。

「『六月三十一日の同窓会』。その創作劇は、どんな内容だったんですか？」

「内容……ですか？」

「はい。あなたがたの不安を解消するには、まずは、その創作劇の内容を知っておかなくては」

「そうですね。……ええ、そうですね」

3

その脚本のコピーが配られたのは、夏休みを来週に控えた、七月二週目のホームルームだった。

『六月三十一日の同窓会』

表紙に印字されたそのタイトルに、クラスにさざ波が起きた。

六月三十一日の同窓会。蘭聖学園に係《かか》わりある者で、それを知らない者はいない。

「どうして、このタイトルに？」

委員長の多香美さんが、探るように、恵麻さんに尋ねた。〝六月三十一日の同窓会〟の噂は、蘭聖学園では知らぬ者はいないが、あえて口にはしない……言うなればタブーに属するものだった。

「だからこそ、取り上げたんです。タブーこそが、エンターテインメントの神髄だと思いましたから」

恵麻さんは、挑発するように答えた。思えば、彼女の声を、こうやって真正面から聞くのは初めてかもしれない。それまでは、そこにいるということを認識していても、意識のどこかで存在を排除しようとしていたところがある。だからその声が聞こえてきても、自然とシャットアウトしてきた。……自身の排他的傾向を思い知らされて、私は恥ずかしさで身を縮めた。

他の子たちも、同じ気持ちでいるようだった。後ろめたさを隠しながら、恵麻さんに注目している。

「あらすじを簡単に説明してもらえますか?」委員長の言葉に、

「殺されるんです。このクラスの誰かが、このクラスの誰かに」

クラスのさざ波が、どよめきに変わった。もう我慢できないとばかりに、脚本をぺらぺら捲《めく》りだす生徒も数人。

私も、その一ページ目に視線を走らせた。


第一幕。居間。B子、電話をしている。電話の相手はA子。

A子「もちろん、来てくれるでしょう？」
B子「だから」
A子「場所は、ホテルニューヘブン。ほら、あの山に建っていたリゾートホテルよ。覚えてない？」
B子「ホテル……ニューヘブン」
A子「覚えてない？　学校からバスで二十分ぐらいの、相模湾が一望できる山の中腹の、新興住宅地。その隣の山にある、リゾートホテル。テーブルマナー教室で、フレンチを食べたじゃない」
B子「……そうだったっけ……？」
暗転。
第二幕。ホテルニューヘブンのレストラン。…………。
「ホテルニューヘブンって、あの？　学年末に、テーブルマナー教室が行われる？」
誰かが、声を上げた。
「はい。そうです。蘭聖学園のテーブルマナー教室に利用される、ホテルニューヘブンのフレンチレストランが舞台です。……私はそのマナー教室には参加したことはありませんが」
恵麻さんがそう答えると、

「来年の学年末には、参加できるわ」

と、誰かが答えた。が、

「でも、ホテルニューヘブンは、取り壊されるって聞いたけど?」

「はい。そうです。ホテルニューヘブンは、取り壊されます」恵麻さんが、声を張り上げた。

「だから、ここを舞台にしました。幻のホテルニューヘブン。つまり、〝天国〟ということです」

「……どういうこと?」

委員長の質問に、

「そうか、分かった。ここに集められたみんなは、すでに死んでいるってことね?」

そう声を上げたのは、馨の君。馨の君は、頰をバラ色に染めながら、さらに言った。

「でも、なぜ、自分が死んだのかは知らない。それを、みんなで推理していくのね!」

「そうです。推理している間にも、一人、一人と、メンバーがホテルニューヘブンにやってきます。そして——」

それは、ワクワクとヒヤヒヤが入り交じった、ひどく刺激的な展開だった。

特に、その殺害方法。

「フッ化水素酸で、本当に人が死ぬの?」

誰かの質問に、

「うん、死ぬよ。触っただけでもね」

と、後の席で先ほどからそわそわと落ち着かない様子だった結衣子さんが言葉を挟んだ。結衣子さんの家は薬屋で、その母親は薬剤師だ。

「ちょっと触れただけでも、皮膚も肉も骨も溶かしてしまう。そしてその部分は壊死してしまうの。切断してしまわないと、壊死はあっと言う間に広がって、死に至るのよ」

結衣子さんの言葉は、まるで呪文のようだった。クラスに冷ややかな恐怖がじわじわと広がる。

「しかも、そんな危険な薬品であるにもかかわらず、手に入りやすいの。ネットでも販売されているぐらい」

結衣子さんは、自分の言葉でクラスメイトが縮み上がっていることに快感でも覚えているのか、得意げに続けた。

「聞いた話だけれど、この町でも、前に、フッ化水素酸が原因で――」

はい、はい、そこまで。

担任の声が、ドラの音のように響き渡る。それは一瞬にして、クラスに静寂を作り出した。

担任の顔が、鬼気迫っている。

「このシナリオは、確かに面白いけれど、でも、このままではダメね」

「どうしてですか？」馨の君が、立ち上がった。

「色々と、不謹慎過ぎる。大量殺人の話なんて……。それに、こんな具体的に殺害方法まで提示するなんて。……もう少し、内容を吟味してもいいんじゃないかしら？」

「でも、……もう時間がありません」

委員長が、泣き笑いの顔で言った。

「じゃ、クミコさんが以前書いたシナリオは？」

えええ！

落胆の空気が、クラスに立ちこめる。昨日までだったらそれもあったかもしれないが、それより何倍も面白いものを読んでしまったからには、もう後戻りはしたくない。それが、クラスの総意だった。

「このシナリオで、やらせてください」

クラスを代表して、馨の君が食い下がる。そして、前例やシェイクスピアの例を出して、とうとう、担任を論破した。しかし、担任も簡単には引き下がらなかった。

「とにかく、ダメです。この殺害方法はダメです」

「なら、凶器を変えればいいんですね？」

4

「それで、決定稿では、凶器は〝ナタ〟になったんです」矢板雪乃は、遠くを見るように言った。

「ナタ？　……なんで、ナタ？」松川凜子は、鳩尾《みぞおち》を押さえながら訊いた。

「たぶん……なんですけれど。町が合併するしないってときに事件があったというじゃないですか。……小学生二人をナタでめった打ちにした女の事件。私は生まれたばかりなので、よく知らないんですけど。……先生はご存知ないですか？」

「ああ。……そんなこともあったかしらね」

「なんか、悲惨な事件だったみたいですね。母が言ってました。あの犯人はまともじゃない。人の心を持ち合わせていない。まさに〝魔女〟だって。……あ」矢板雪乃の黒目が、まるで魔女を目撃したとでもいうように、きゅっと縮まった。

「いずれにしても、シナリオの第一稿では、フッ化水素酸が凶器なんですね？」

言いながら、松川凜子は背筋に冷たいものを感じていた。

大崎多香美の死因が、まさにそれだったからだ。

どうして大崎多香美がそれに触れたのか、その原因はいまだ分かっていない。

「ええ、そうです。多香美さんのときは、不慮の事故として処理されましたけれど、でも、私たちにはもやもやが残りました」

矢板雪乃はハンカチを握りしめた。

「それだけじゃありません。多香美さんの死を皮切りに、陽奈子さん、結衣子さん……ああ、その前に寧々《ねね》さん」

「寧々さん？」

「結衣子さんの親友だった子です。……自殺したんです」

ああ、例の、福井結衣子に騙されて、自殺に追い込まれた子か。

「本当に、寧々さんはお気の毒でした。信じていた友人に裏切られて。……実は、私も結衣子さんには、投資を勧められたんですよ。もちろん断りましたけど。でも、何度も何度も、やってくるんです。先週もやってきました」

「先週も？」

「はい。彼女が亡くなる前日でしたでしょうか。……彼女も彼女で、相当追いつめられていたんでしょうね。やつれ果てて、まるでおばあさんのようでした。死神に取り付かれているようでもありました。だから、彼女が心不全で亡くなったと聞いたときも、あまり驚きませんでした」

「心不全？　福井結衣子さんは、心不全で亡くなったんですか？」

「ええ。……そう聞いてますが？」

矢板雪乃は潰れたチーズケーキをフォークで掬《すく》いとると、それを口に含んだ。が、それを食道に送り込む前に、はっと視線を上げた。

「え？　まさか、松川先生は、なにか疑ってらっしゃるんですか？」

訊かれて、凜子も「え？」と視線を上げた。

そうだ。疑っているのだ。だから、今日はわざわざ、ここまでやってきたのだ。

が、疑惑の核心はまだ分からない。誰を、または何に対して、自分は疑いを持っているのか。

ただ、ぼんやりとではあるが、そのシルエットだけは頭の中でふわふわ浮いている。そのふわふわをつかみ取るように、凜子は身を乗り出した。

「ちなみに、『六月三十一日の同窓会』の件ですが。もう少し、詳しく教えてください。その創作劇では、何人が死ぬんですか？」

「え？」

フォークを置くと、矢板雪乃は左の指を折りはじめた。五本の指はあっという間に折られ、すぐさま小指が立てられた。そして親指が立てられたところで、今度は右手の指が折られていった。

「十七人です」

「十七人?」

「はい。間違いありません、十七人です。だって、〝Q子〟というのが最後でしたから」

「Q子?」

「はい。シナリオには、アルファベットでA子からQ子までいて、くじ引きでそれぞれの役を選んだんです。えーと、確か、A子は……」

「A子は……?」凜子は、身を乗り出した。「もしかして、A子って、多香美さん……だったりして?」

「え?」

矢板雪乃の目が、どことなく揺らいだ。そしてしばらく視線を漂わせると、

「ああ、そうです。A子は多香美さんでした。そして、B子は陽奈子さん、C子は寧々さん、D子は結衣子さん……」

凜子の背筋に、再び冷たいものが流れた。

なに、それ。……今までに亡くなった人じゃない。しかも、……順番まで。

「はい、そうなんです」矢板雪乃の咽《のど》が、鈍く鳴った。「だから、私たち、気が気じゃないんです」

「そのシナリオ、現物はあるかしら?」

凜子は、鼻の脇を流れる汗を拭きながら訊いた。

「ええ、探せば、どこかにあると思いますが」

「それ、貸して欲しいんだけど」

「分かりました。見つけたら、お送りします」

約束をとりつけても、凜子のそわそわは止まらなかった。

「そのシナリオを書いた子なんだけど」

「恵麻さんのことですか？」

「エマ……っていうの？」

「はい」

「漢字は？」

「〝恩恵〟の〝恵〟に、〝麻布〟の〝麻〟です」

恵麻。

凜子は、唾を飲み込んだ。

「その子は、今、どうしているの？」

「さあ」

「知らないの？」

「はい。彼女、転校しちゃったんですよ。夏休み前に」

「転校？」

「はい。あのシナリオだけ残して。確か、お母様が再婚して。……関西のほうに引っ越してしまったんです」

「その子は、上の名前はなんていうの？　苗字は？」

「……苗字ですか？　えっと。……あれ？　なんていったかしら」

「分からないの？」

「すみません。……私たちのクラス、担任の提案で、下の名前で呼び合っていたものですから。しかもすぐに転校しちゃったので、正しく記憶してないんです。……ああ、でも」

矢板雪乃は、両の手を軽く叩いた。

「そういえば。……二十日、……つまり結衣子さんが亡くなったその日、彼女から電話があったんです。正午過ぎでしたでしょうか」

正午過ぎ？　うちの事務所を出てすぐだ。凜子は、身を乗り出した。

「結衣子さん、変なことを言っていたんです。恵麻さんを見かけたって」

「え？」

「ええ、そうですよ。松川先生の事務所で、恵麻さんを見かけたって」

「私の……事務所で」

「はい。はじめはどこかで見た顔だな……と思っただけだったけれど、後になって、あれは恵麻さんに間違いないって、……そんなことを言っていましたよ」

「海藤さん……？」

　凜子は、恐る恐る、その名前を出した。「恵麻さんの苗字は、カイトウというんじゃない？　海《うみ》に藤《ふじ》って書いて」

「海藤？　……うーん。どうだったかしら」矢板雪乃はしばらく首を捻っていたが、「あ」と、またもや、両の手を叩いた。

「恵麻さんの画像なら、ありますよ、ご覧になります？」

「あるの？」

「はい。……といっても、ちょっと小さいんですが」

　言いながら、矢板雪乃は携帯電話を取り出した。

「古いでしょう？　高等部時代から、ずっと使っているんです。……だって、お揃いなんだもの。あの人と」

　そして、そのディスプレイを凜子に向けた。

　その待ち受け画面には、蘭聖学園の制服を着た生徒の横顔が映っていた。授業中だろうか？

「ええ、授業中にこっそり撮ったんです。この画像がお気に入りで、肌身離さず、こうして持っているんです」

「この人が、……恵麻さん？」

「あ、違います。これは、馨の君……もう、いやだ、そんなにじろじろ見ないでくださいったら！　もう、恥ずかしい！」

　矢板雪乃が、まるで十代の少女のように顔を赤らめる。が、わざとらしく、「うん、うん」と咳払いを数度繰り返すと、すました表情で言った。「恵麻さんはその奥にいる人です。ほら、この人」

　矢板雪乃の人差し指が、その人物の上に置かれた。それはひどく不鮮明な輪郭だったが、しかし、凜子の口から「あ」と小さな叫びが飛び出すには十分な物証だった。

　凜子は、確認とばかりに、自身のスマートフォンを取り出し、画像フォルダーを探した。その中に、事務スタッフの海藤さんのスナップ画像があるはずだ。……あった。

「この人？」

　凜子がスマートフォンを差し出すと、矢板雪乃は、「ああ！」と反応した。

「そうです、恵麻さんです。間違いありません」

第六話　小出志津子の証言

1

（二〇一五年六月八日月曜日）


――ええ、そうです。海藤恵麻さんとは、中学校時代の同級生でした。

そう証言をはじめたのは、小出志津子《こいでしづこ》という女性だった。

弁護士松川凜子は、逗子駅からタクシーで十五分ほどの海沿いのリゾートレストランにいた。

昼時のピークを過ぎた午後一時半。

それまでドアの外で列をなしていた人影も今や残り一組となり、その二人連れもたった今、ウェイトレスの案内でウィンドウ近くの席に案内されたところだった。

「うわー、きれいね！」

二人連れの一人が、感嘆の声を上げる。つられて凛子の視線もつい、ウィンドウに向かう。

相模湾のきらめきが、ある種の郷愁をともなって、凛子の視界に広がった。

ああ。

言葉にならない、呻《うめ》きにも似た溜め息が、ぽろりと零れ落ちる。

「窓際がよかったですか？」

小出志津子にふいに問われ、凛子は慌てて視線を戻した。

「いえ、……海は、苦手なんですよ」

それは嘘ではなかった。海には、あまりいい思い出がない。高等部を卒業すると逃げるようにこの街を出たのは、なにも大学だけが理由ではなかった。

だからといって、このどん詰まりのような、三方を壁に囲まれたテーブルに比べれば、あのオーシャンビューのテーブルのほうがいいに決まっているが。

タイミングが悪かったのだ。凛子たちが店内に案内されたときは混雑のピークで、否応《いやおう》なしに、ウェイトレスの指示のまま、ここに座るしかなかった。たぶんここは、普段はほとんど使われない、もしかしたらスタッフの休憩にでも利用するような場所なのだろう。旅館でいえば、繁忙期だけに開放される布団部屋。旅館ならば、その分、料金も割安になるかもしれないが、ここではそんな気のきいたサービスはなさそうだ。

すぐ横の通路は厨房《ちゅうぼう》に続いているようでスタッフがひっきりなしに往来し、さらにここからも丸見えの通路の奥には巨大なワゴン。各テーブルから引き上げられた皿が山と積まれている。それは長く放置されているのか、なにか饐《す》えた臭いも放っている。

食事を楽しむような場所ではない。あちらのオーシャンビューのテーブルが天国なら、ここは罪人たちが集められる煉獄《れんごく》の有様だ。

だが、今日は、食事が趣旨ではない。

小出志津子に、その話を聞くのが目的だ。

そういう意味では、この場所はうってつけなのかもしれない。隠された昔話を引き出す……という意味では。

凜子は、シーフードカレーを、惰性に任せてスプーンでかき混ぜた。もう繰り返しかき混ぜているせいか、ライスとルーがなにか、薄気味悪い残飯にも見えてきた。きっと、あのワゴンから流れてくる悪臭のせいだろう。

が、前に座る小出志津子の食欲までは奪い取ってないようだ。下手な粘土細工のようなチキンドリアを、フォークでつっついてはなんの迷いもなく口に運び続けている。

その食欲は印象通りだ。良く言えばおおらかなぽっちゃり。ちょっと意地悪に言えば、欲望に忠実な肥満体型。

見た目で人を判断してはいけない。が、体型に限っては、ある程度、その人の性格を計り知ることができる。なにか特別な病気でないかぎり、ここまで肥満を放置したのには、なにかしらの性格的要因があるはずだ。もしかしたら一度や二度はダイエットに成功したかもしれないが、きっと、その性格ゆえに、簡単にリバウンドを許してしまったのだろう。その後も、色んなダイエットを試すものの、一ヵ月ももたないうちに――。

いやいや、今日は、そんなプロファイリングは必要ない。

凜子は、紙ナプキンで口元を押さえながら、自虐気味に苦笑した。

……この人は、依頼人でもなければ、事件の〝当事者〟でもないのだから。だから、プロファイリングしたとしても、なんの役にも立たないのだ。

この人は、ただの、〝参考人〟だ。そう、〝参考〟でしかない〝部外者〟だ。裁判でいえば、〝証人〟だ。

が、〝証人〟の証言が裁判を左右することは言うまでもなく、言い換えれば、〝証人〟の存在が被告人の運命を変えるのだ。それが、事件を〝目撃〟した証人であれば、なおのこと。だから、実際の裁判では、〝証人〟探し程重要なものはない。それが弁護人の仕事のほとんどだと言っても大袈裟ではない。

そういう意味では、小出志津子を探し出した時点で、この不可思議な連続死の〝真相〟が詳《つまび》らかになるのも時間の問題だと、凜子には楽観的な予感があった。事実、小出志津子は凜子のメッセージに、「私は彼女のすべてを知っています」と返してきたのだ。

そう、ネットの「同窓会サイト」の掲示板に、彼女は確かにこう書き込んだのだ。

「私は、彼女のすべてを知っています。彼女が起こしたあの事件も」

と。


凛子の事務所で働いている海藤恵麻が、かつて蘭聖学園の生徒で、なおかつ去年死亡した柏木陽奈子と同級生だったことを知ったのは、二週間程前だ。

が、海藤恵麻本人に直接それを訊くのは躊躇《ためら》われた。訊いたところで、まともな回答が得られるとも思えなかった。それどころか、彼女をそのまま失う可能性も高かった。だからといって、そのまま捨て置くこともできない。さて、どうするか。難しい依頼を持ち込まれたときのように、凛子はひとり事務所に残ると、数日、考えを巡らせた。そして、海藤恵麻の履歴書を紐解《ひもと》いてみることを思いついたのが十日前。

凛子の古い知り合いの紹介で、海藤恵麻がこの事務所のドアを叩いたのは五年前のことだ。その知り合いは高田馬場《たかだのばば》にあるロースクールの講師で、海藤恵麻はロースクールの学生ということだった。

「いい子がいる。頭はいい。だけど、お金のことでいろいろ苦労しているんだ。助けてくれないか？」

そして、履歴書を携えてやってきた海藤恵麻を、凛子はその場で採用した。第一印象というやつだ。一目見て、きっとこの子ならいい仕事のパートナーになると、直感した。だから、履歴書にもほとんど目を通すこともなく……いや、もっといえば封筒に入ったそれを取り出すことなく、そのままファイルボックスにしまい込んでしまったのだった。あのとき、少しでも履歴書を見ていれば、蘭聖学園の名前を見逃すはずもなかった。そして、なにかしらの予感を見いだして、もしかしたら採用を断っていたかもしれない。

いや、それでも、きっと、採用したのだろう。

なにしろ、海藤恵麻は、蘭聖学園の生え抜きではない。その履歴書を改めて見てみると、蘭聖学園に在籍していたのはたったの三ヵ月余り。他の学歴に埋もれてしまっていて、あるいは当時、履歴書をちゃんと確認していたとしても〝蘭聖学園〟という文字を見逃していた可能性も高い。……いや、それでもきっと、めざとく見つけてしまうのだろうが。

いずれにしても、その学歴は、〝蘭聖学園〟を除けば、よくある一般的なものだった。公立小学校を卒業後、公立中学校に進学し、卒業後は、私立高校に進学。親の仕事の関係か、中学校と高校のときに転校しているものの、卒業後は一浪を経て、地方の国立大学に進学。そして大学を卒業後、高田馬場にあるロースクールに入学。

こうやって見ると、〝蘭聖学園〟に在籍していたことじたいがなにかの間違いで、バグのようにしか思えない。

この、虫食い《バグ》のような蘭聖学園在籍中にクラスメイトだった人物が、少なくとも三人、……いや四人、亡くなっているのだ。その死を知りながら、彼女は一度たりともそれについて意見するようなことはなかった。仮に、思い出したくもない何かがあったとしても、なんの動揺もみせずにいられるものだろうか？　自分なら、どんなに意識しないように努めても、その瞬きが微妙に不自然になるだろうし、ふいの笑いもぎこちなくなるだろう。つい、「あ、この人」などと、口走ってしまうことだって。

凜子が次に試みたのは、蘭聖学園入学前の海藤恵麻を知る人物を探すことだ。以前ならそういう人探しには、膨大な費用と時間を要したものだが、今は〝ネット〟という便利なものがある。

特に便利でなおかつ有用な情報を得られるのが、「同窓会サイト」だった。全国の小学校、中学校、高校ごとの掲示板が作られ、それぞの学校の卒業生たちがハンドルネームで登録、掲示板を通じて、思い出や情報を交換する。いまでこそSNSに押されてその登録数も激減したが、このサイトが立ち上がった十年ほど前は、大変な賑《にぎ》わいだった。凜子も登録し、何度となく訪れたものだ。もちろん、プライベートで。が、参加しているうちに、「これは、使えるかもしれない」と、ふと、思った瞬間があった。これほど、人探しに便利な場所もないと。なにしろ、学校名で検索するだけで、その卒業生たちのおしゃべりを、部外者の自分も閲覧することができるのだから。彼ら彼女たちは誰もが無邪気に、当時の思い出話に花を咲かせている。

きっと、ここでは年齢までもが在籍当時に戻ってしまっているのだろう。その口調は、だれもが、少年少女で、そして無防備だった。

凜子が、この掲示板を利用して人探しを試したのは、七年前だったか。当番弁護が回ってきて、殺人事件を担当したときだ。そのとき、殺人を犯した依頼人がなかなか心を開かず困り果て、藁《わら》にも縋《すが》る思いで、この同窓会サイトで彼の母校を検索してみた。彼の人となりが少しでも分かるのではないかと思ったのだが、それ以上の成果があった。

しかし、それ以来、「同窓会サイト」からは疎遠になった。仕事でそれを利用してしまったというどこか後ろめたい思いもあり、自然と遠のいてしまったのだ。

が、今はそんな後ろめたさよりも、探究心のほうが勝っていた。〝好奇心〟といったほうが正確かもしれない。好奇心は、時として、仕事から生じる責任感や使命感を凌駕《りょうが》するエネルギーがある。眠気も疲労も吹き飛ばすほどの。

凜子は、まず、海藤恵麻が卒業した小学校の名前を検索してみた。が、その掲示板では大した情報は得られなかった。そもそも、卒業生の登録がほとんど見当らなかった。次に中学校の名前で検索すると、そこそこ登録者がいた。登録者はそのハンドルネームに卒業年度をつけるルールなので、海藤恵麻と同期の登録者も簡単に見つけることができた。凜子はまず、登録者と掲示板で接触してみた。瑠璃市出身であることを打ち明け、知り合いがこの中学校の卒業生だ……とかなんとか、適当に理由をつけて、共通の話題を探るところからはじめた。そして、自身のメールアドレスを提示し、あちらからの連絡を待った。連絡はすぐに来た。

凜子は自身の身分を明かし、海藤恵麻という生徒を覚えていないか？　と単刀直入に尋ねてみた。

「はい。同級生でした。でも、あまり話したことはありません。なので、彼女のことはよく知らないんです。お役に立てなくてごめんなさい」

一回目の返事は、そんな肩すかしのものだった。が、凜子は食らいついた。

「なら、海藤恵麻さんのことをよく知る方をご紹介いただけませんか？」

その返事は、二日後に来た。

「海藤さんをよく知る人なら、近所にいます。連絡をとってみましょうか？」

もちろん、凜子は、「是非」と返事を返した。それが、五日前。

そうして、小出志津子が紹介され、今日、こうして直接話を聞く段にまでこぎ着けたというわけだった。


小出志津子は、現在、瑠璃市を離れて、ここ逗子に住んでいるという。といっても、瑠璃市と逗子市は目と鼻の先、住所は違っても、〝離れた〟というほどの移動ではないのだが、小出志津子は、もう瑠璃市とは関係ない、私は逗子市民なんだとばかりに、待ち合わせの場所にJR逗子駅を指定してきた。

このレストランを指定したのも、彼女だった。ランチによく利用しているのだという。

「逗子は、いいところですよ。できれば、ここに骨を埋《うず》めたいと思っています」

小出志津子は、チキンドリアをつつきながら、言った。

「瑠璃市は、もう全然だめですね。あんな大騒ぎして合併したのに。日本にモンテカルロのようなリゾート地を誕生させる……って、あんなにバカ騒ぎしたのに、結局、鳴り物入りで開発した〝ニューヘブンタウン〟も、今じゃゴーストタウン。〝ホテルニューヘブン〟も、取り壊しが決まってからもう十年以上、放置されたまま。数年前、ようやく外資系の会社が買い取って、営業を再開したようだけれど。でも長年、オカルトスポットとして有名だったせいか、今でも、時々ヤンキーたちが肝試しをやっている始末。……もう、本当に、なにがなんだか」

小出志津子は、ようやくフォークを持つ手を止めると、ゲップのような溜め息を吐き出した。

「ああ、すみません。今日は、海藤さんのお話でしたね――」

2

――ええ、そうです。海藤さんとは、中学校時代の同級生でした。

一年から三年まで同じクラスだったものですから、割と仲良くしていたと思います。

親友？

ええ、そうですね。親友だったのかもしれません。交換日記もしていたほどですから。

でも、やっぱり、〝親友〟とは違う気もします。なにかぎくしゃくしていましたから、私たち。……性格が合わなかったんです。

性格が合わないのに、なんで、交換日記をするほどの仲だったのかって？

それは、ある一点で私たち、共通していたからです。

それは、海藤さんも私も、蘭聖学園の入学試験に失敗したという点です。

蘭聖学園って、地元では「バカなお嬢様学校」なんて揶揄《やゆ》されることもありますが、実際は違います。それは、よくご存じですよね？　割と、偏差値が高いってことは。特に、中等部、高等部の編入試験は、都内の難関私立校に匹敵する難しさ。募集する人数も年によってまちまちなものですから、ときには三十倍なんてとてつもない倍率になったりするんです。……まあ、松川先生ほどのお人でしたら、滑り止め程度の学校なんでしょうけれど、私たちにとっては、高嶺《たかね》の花だったわけですよ、蘭聖学園は。特に、私の母世代にとっては、もうそれこそ絶対に手に入れたいステイタス。自分は無理だったけれど、娘には必ずあの制服を着させたい！　っていう母親が当時はまだたくさんいたんです。まあ、あれです。宝塚《たからづか》音楽学校のようなものです。宝塚音楽学校ほど全国的ではありませんが、地元の女性にとっては、憧れそのものだったんです、蘭聖学園は。

でも、私はそれほど思い入れはなくて。まあ、母がしつこく言うものですから、記念に……っていうつもりで中等部を受験してみました。案の定、不合格。でも、はじめから〝記念受験〟だったんで、それほどダメージはありませんでした。

でも、海藤さんは違いました。

海藤さんは、なんでも、初等部の入学試験のときから挑戦していたんだそうです。これは、なかなかの筋金入りです。聞いた話だと、初等部入学には相当な寄付金が必要なんですって？　だから、その寄付金をまかなえる経済力がある家の娘しか入学は許されないって。……つまり、あれですね。初等部から入るような生え抜きは、頭の出来はちょっとアレでも、お金さえあれば入学することができる……と。このあたりの事情が「バカなお嬢様学校」と言われる所以《ゆえん》かもしれませんね。

だからといって、お金があればいいというもんでもない。それ相応の品格がある家の娘でないと、入学はかないません。

だから、たぶん、海藤さんが初等部の試験に落ちたのは、家庭的なことか経済的なことが理由だったんでしょうね。

まあ、確かに、海藤さんの家は、ちょっと問題を抱えていました。……母子家庭だったんです。海藤さん本人はそのことを隠していたようですけど、クラスで知らない子はいませんでした。……というのも、海藤さんのお母さんというのが、なんていうか。……有名人だったもので。えっと、つまり。……女優さんだったんです。

私がそれを知ったのは、中学校二年生の二学期だったでしょうか？　授業参観だったか、PTAの会合だったか忘れましたが、海藤さんのお母さんが、学校に来たことがあったんです。男子たちが大騒ぎして。

私はそれまで本当に知らなかったんですが、海藤さんのお母さんは、男子たちの間では有名人だったんです。

ええ、もう、はっきり言いますが、お母さんは、ポルノ女優でした。もう引退していましたが。それにしても、海藤さんのお母さん、蘭聖学園の出身者らしいのに、なんで、ポルノなんかに。……まあ、たぶん、男に騙されて……とか、そんな事情なんでしょうね。いずれにしても、とんだ醜聞《スキャンダル》ですよ。海藤さんの性格があんなふうになったのは、お母さんのせいかもしれませんね。

だって、偏見をまじえて乱暴に言えば、……いまで言う、AV女優ですよ？　私だったら耐えられない。でも、当時は、私はまだなにも知らなくて。

だから、男子に「海藤のお母さんって、女優だって知ってた？」と言われても、ぽかーんとするしかなかったんです。だって、その名前を聞かされても、全然知らない名前だったので。でも、男子たちにとっては、お馴染みの女優さんだったんです。

覚えていらっしゃるかしら？

御崎駅という私鉄の駅があったじゃないですか。今でこそ名前も変わって駅前もきれいになりましたが、当時は、まるで風俗街でした。親からもさんざん言われたものです。御崎駅には行くなと。

でも、男子たちは違いました。彼らは通過儀礼だとばかりに、中学校に入学すると必ず御崎駅前の映画館に行っていたようです。ロマンス座とかいう名前の映画館です。

私も、何度か、見かけたことがあります。

その隣の映画館がロードショー館だったので、夏休みになると、子供向けの映画を見に行っていたんです。でも、そこを通るたびに親が奇妙な行動を取るので、なにか不思議だったんですよね。映画館の前までくるとその体で私の視界を遮るんです。映画館を出るときもそう。今思えば、あれは、ロマンス座の前に掲げられた看板やポスターを、私に見せまいとしていたんでしょうね。でも、まあ、しっかり見ていましたけどね。「団地妻、犯される」とか「縛られて、入れられて、イカされて」とか。今でもはっきり覚えてますよ。だって、そのポスターは子供の目にもインパクトがありましたから。

でも、普通の映画もやっていたようですよ。一応、名画座でしたので、古い外国の映画とかをかけていました。だから、中学生の男子生徒がその映画館に入ったとしてもなにも不思議ではなかったし、それに今ほど色々煩くなかった時代なので、たとえポルノ映画が目的で入館したとしても、誰も咎めることはありませんでした。まあ、よくいえば、おおらかな時代だったんです。

……ああ、すみません、話がずれてしまいましたね。

要するに、そのロマンス座では、海藤さんのお母さんがその昔出演していたピンク映画がしょっちゅうかかっていたんですよ。だものだから、男子たちの間ではとても有名だったんです。海藤さんが、殻に閉じ籠っていたのもたぶん、それが原因でした。

さきほど、海藤さんとの仲は、〝親友〟とは呼べないと言いましたが、それは、海藤さんが決して、打ち解けてくれなかったからです。蘭聖学園を落ちた者同士ということで、私にだけは辛うじて心を開いていましたが、全開というわけではありませんでした。いつでも、海藤さんは警戒していたんです。その理由がなにか分からないまま、もやもやすることも多かったんですが、彼女のお母さんのことを聞いて、ようやく合点がいったんです。

なんだか、私、ものすごく同情してしまって。

私が海藤さんの身なら、たぶん、生きていたくないと思います。

だって、母親の裸……もっといえば性行為のシーンを男子たちみんなに見られて、そのことで男子たちから変な目で見られていると思ったら。……想像しただけで、胸が潰れます。私なら、耐えられません。

でも、海藤さんは耐えていたんです。貝のように体を殻で覆って、クラスの隅で身を縮こませて、息を殺して、目立たないように、生きていたんです。

それを思ったら、私。……居ても立ってもいられなくなって。

彼女になにか言ってあげたくて。でも、面と向かっては言えなくて。

それで、私、彼女にノートを渡してみたんです。私の思いを綴《つづ》ったノート。

それがきっかけで、交換日記がはじまったんです。二年生の二学期がはじまる頃です。

日記の中では、海藤さんは饒舌《じょうぜつ》でした。

こんなことを考えていたの？　とちょっと引いてしまうほどに。まるで、人格が違うんです。

きっと、日記の中の彼女が本物で、学校の彼女は、偽物なんだろう……と思いました。偽物というか、演技をしているというか。

でも、人間、常時演技し続けていると、心が壊れてしまうんでしょうね。海藤さん、三年生に上がった頃から、なにかおかしくなったんです。突然、記憶をなくすというか。人格が入れ替わるというか。

もしかしたら、多重人格的なものだったのかもしれません。

でも、テレビとか映画で見るような、見るからに全然違う人に入れ替わる……というものではありませんでした。海藤さんはあくまで海藤さんで、彼女と常時一緒にいないと気が付かないほど微かな、違和感なんです。

例えば、彼女の言葉には統一性がありませんでした。給食のことを話していたはずなのに、いつのまにか宿題の話になったり。ええ、話が飛ぶのは、女性にはよくあることです。私もよく、主人に叱られます。おまえの話はあちこち飛躍が多くて、ちっとも前に進まない、イライラすると。でも、海藤さんの場合は、ただの飛躍ではないんです。給食の話をしていたことを一瞬にして忘れて、唐突に宿題の話をはじめるんです。私たち女性がよくやりがちなのは、「ああ、そうそう、給食といえば、先週、給食の時間に宿題をやってたら……」というやつですが、でもそれは前の話にちゃんと関連づけての展開です。そう、男性はそれを「飛んだ」と言いますが、飛んでないんです。展開です。だから、女性どうしでは、特に問題なく、会話が成立するんです。

でも、海藤さんの場合は違いました。

あきらかに、「飛ぶ」んです。え？　レコードの針が飛ぶ感じかって？

……うーん、レコードのことはよく分からないんですけど、……曲の途中でまったく関係ない曲に飛ぶ……という感じでしょうか。しかも、それまでかかっていた曲は、完全に消されてしまうんです。

ああ、すみません。なんか、うまく説明できなくて。

いずれにしても、彼女といると、こちらまで、調子が狂いました。私のほうがおかしくなったのか？　と心配になるほど。

海藤さんの話が理解できないのは、私に問題があるんじゃないかって。だから、私、必死でしたよ、彼女の言葉を理解しようって。でも、理解しようとすればするほど頭が混乱してしまって、私まで変なことを口走る始末。最近知ったのですけれど、おかしな人と一緒にいると、自分までおかしくなるんですって？

誘導妄想っていうんですか？

なるほど。……人の妄想に暗示されて、自分までその妄想に囚《とら》われる。

え？　二人狂いともいうんですか？

ああ、まったく、その通りだったかもしれません。

あの当時、私も狂っていたのかもしれません、ある意味。

……あるとき、日記に、変なことが書かれていました。交換日記をはじめて、半年ほどがたった頃です。

それまでにも、彼女は日記の中で、現実なのか夢なのか、はたまた創作なのかよく分からないことを書いていたんですが、それでも、まだ、なんとか理解できる範囲だったんです。おしゃべりしているときは、脈絡なく話が飛んでひどく混乱させられたものですが、日記だけは辛うじて、まだ、読めるものでした。まあ、それでも、宇宙のこととか死後のこととか古代文明のこととかフロイトとかユングとか、ちょっと難しい、独りよがりな文章ではありましたが。

……今でいう、中二病ってやつかもしれませんね。

それでも、それなりに読めたし、おもしろくもあったんです。だから、私、「海藤さんは小説家になったらいいんじゃない？」と書いて返したことがあります。でも、それを書いたとき、日記がなかなか戻ってこなくて。私、なにか海藤さんの気に障るようなことを言った？　って、気を揉んでいたんですが、一週間後、ようやく日記が渡されたんです。

　そのときに書かれていた内容が、とにかく、変だったんです。

「三年C組、皆殺し計画」っていうタイトルがついていて。

　三年C組というのは、当時の私たちのクラスです。確か、三十五人、いたと思います。

　その三十五人……いえ、私と海藤さん本人を抜かした三十三人の名前が表組みされていて、その表には、「罪状」と「刑罰」という項目があって、三十三人ひとりひとりの「罪状」と「刑罰」が詳細に書かれていたんです。

　アイカワタカシ／罪状：公然猥褻《わいせつ》罪／刑罰：懲役三年……そんな具合に、実際の刑法をそのまま当てはめていたんです。

　例に出したアイカワタカシという男子は、しょっちゅういやらしい話をしていたものですから、公然猥褻罪、乱暴なヤマムラアキラには傷害罪、人の秘密をさぐっては言いふらすミカワヨウコには名誉毀損罪……といった具合です。

　それはどれも的を射ていて、だからとてもおもしろかったのは確かです。私も、つい、空欄を埋めたりしました。私のソーイングセットを借りたまま返さない女子がいたんですが、その子の名前のところに、窃盗罪、懲役十年……って。もちろん、遊びですよ、他愛のない遊び。でも。

タイトルがどうしても、気になりました。

「皆殺し」って、どういう意味だろうって。

その答えは、翌日の日記にありました。

この中学校を卒業したあとに行われる同窓会で、参加者はすべて死ぬ。劇薬によって……と。

意味が分かりませんでした。

どうして、死ぬの？

と日記に書いてみたところ、

「これは刑罰だから、止められない」と、返ってきました。

そのとき書かれていた日記が、とにかく異常でした。皆殺し計画が、事細かに書かれていたんです。

あまりに禍々《まがまが》しい内容に、私は最後まで読むことができませんでした。さすがに、気味が悪かった。恐ろしかった。こんなことを考えている人とは、これ以上、付き合えない。そして、私は彼女に電話をしました。

こんなことを日記に書くなら、もう交換日記はやめると。

そのときの私は、これがきっかけで彼女との縁が切れてもかまわないと思っていました。他に友人のいなかった私ですから、彼女を失えば、どれほど体裁の悪いことになるかは承知の上でした。教室を移動するにもお手洗いに行くにも、すべて、一人。一人でいるところを見られたくないという見栄《みえ》だけで、海藤さんとはずるずると付き合ってきましたが、逆を言えば、それだけの仲でしかなかったんです、私たち。

「ごめん、……違うの」

と、海藤さんは、意外にも、そんなことを言いました。

「あれは、……シナリオなの」

とも言いました。

話を聞くと、三年A組に、演劇部の部長をしている男子がいて、その子に、映画のシナリオを頼まれたって。

その男子なら、覚えていました。一年生のときに、同じクラスだった、町工場の息子です。入学式の自己紹介のときに、「家をつぐ気はありません、僕は、舞台演出家になって、世界を目指します」って、大口を叩いていた子です。

でも、なんだかちょっと暗くて、近寄りがたい雰囲気の子で。……身なりも不潔だったし。私はあまり好きではありませんでした。でも、海藤さんとは気が合っていたようで、ときどき話をしているのを見かけたことがあります。

その男子と、まだつながっていたんだ、そう思うと、先ほどまで絶交しようとしていたことなんかどこかに吹き飛び、嫉妬心が芽生えてしまって。

……女性って、そういうところ、ほんと、不思議ですよね。

私、腹心の友の心境で、忠告したんです。「あんなやつとは、離れたほうがいい。あんなやつと一緒にいても、いいことはひとつもない」って。

忠告というより、ただの悪口ですね。

電話だけではおさまらず、日記にも長々と書いてしまいました。町工場の息子の悪口を。もう、それはそれは、自分でも驚くほど、筆が進むんです。まるで親の仇《かたき》を糾弾するかのように、私は五ページにも亘《わた》って、彼を罵りました。あの年頃って、ほんと、不思議ですよね。特になにをされたってわけでもないのに、徹底的に嫌悪することができるんですから。ほんと、あのエネルギーってなんなのかしら。

でも、さすがに、朝、冷静になってそれを読み返したとき、ちょっと恥ずかしくなって。だって、町工場の息子に対する敵対心がまるだしで。明らかに、〝嫉妬〟していることがバレバレだったものですから。これはさすがに、海藤さんも引くだろうと思いまして、だからといって書き直す時間もなくて、だから、その日は日記を海藤さんに渡すのはやめたんです。

そう、その日です。あの事件が起きたのは。

あの事件を境に、海藤さんは学校に来なくなりました。だから、日記も、私の手元にあるんです。

ええ、今もあるんです。

私、ずっと、持っているんです。

持っていたくないのに、持っているんです。

もちろん、何度、処分しようと思ったか。でも、処分はできませんでした。だって、捨てたとして、それが別の誰かに拾われたとしたら？　……そう考えるだけで、こめかみがきりきりと痛むんです。そして、ひどい頭痛に襲われて、目の前が真っ暗になるんです。だから、結局、捨てられませんでした。家にシュレッダーのようなものがあればよかったんでしょうけれど。

それでも、やはり、処分はできなかったんでしょうね。切れ切れになった紙が誰かの手によってつなぎ合わされてしまうんじゃないか、そんな幻覚に悩まされていたに違いありません。

だから、その日記は、私の部屋の奥深くに、今もあるんです。大学に進学して一人暮らしをはじめたときも、結婚して家庭を持ったときも、大切な宝物のように日記だけは胸にしっかりと抱いて、新居に持って行きました。

私、思うんですけど。

犯罪者って、大きく分けて、二つのタイプに分けられるんじゃないかって。

ひとつは、証拠を処分してしまう人。そして、もうひとつは、証拠を手元に置いて隠す人。

前者は、きっと楽観的で能動的な人ですね。簡単にいえば後先考えないで、行動できる人。

たぶん、クラスでも華やかなグループに属する人です。でも、濃い人間関係は築けない人じゃないかしら。きっと、友人も恋人も、次々と乗り換えることができる人なんです。

でも、後者は臆病者で引っ込み思案。よくいえば、熟考タイプ。いろいろと考えすぎて、結局行動に移せないパターン。でも、そのかわりに、この人はと思った人とは長い関係を築ける。

……まあ、私は専門家ではないので、適当な分析なんですけどね。

でも、ニュースで事件の報道とかを見ると、つい、考えてしまうんですよ。死体を山林なんかに捨ててしまう人と、死体を自室の押入に隠しておく人の違いはなにかって。

まあ、死体を捨ててしまうような人は、その事件と自分を切り離したい人でしょうね。とにかく忘れてしまいたい。こんな事件をいつまでも引きずっていたくはないって。つまり、衝動的な殺人の場合は、死体を捨ててしまうことが多いんじゃないでしょうか?

一方、死体を自分のテリトリー内に隠し続ける人っていうのは、その事件そのものをずっと背負い続けるということですから、あるいは、事件を忘れたくない人なのかもしれません。もっとも、単純に、死体を捨てる勇気がないだけかもしれませんが。あるいは、死体を手元に置いておく方が事件が発覚しにくいと考えてのことかもしれません。いずれにしても、死体と運命をともにしなくてはならないのですから、かなりの心の負担となるわけです。

……で、なにが言いたいかっていうと、私があの日記を隠し続けた理由です。

私はきっと、あれを持っていることで、海藤さんの人生の何分の一かは支配したつもりでいたかったんだと思います。この日記がある限り、私はいつでも海藤さんに一方的に接触できて、そして、一方的に海藤さんの時間を独占できるのだから。……脅迫者として。

言っておきますが、もちろん、脅迫などしたことはありません。するつもりもありませんでした。ただ、私は、海藤さんの優位に立ちたかっただけなのかもしれません。誰も知らない秘密を自分だけが握っているという恍惚《こうこつ》を味わいたいだけだったのかもしれません。

……ええ、そうですね。

事件の話を、しておかなくてはなりませんね。ほんと、すみません、話があちこち、飛んで。

……あれは、忘れもしない、中学三年のゴールデンウィーク明けでした。

理科室のビーカーに触れた女子の手が壊死するという事件が起きたんです。

彼女は、ちょっと問題のある子で。成績は中の中。まあ、普通にかわいい子で、男子からは人気がありました。人当たりもよくて、先生からの覚えもよかった。でも、女子にはちょっと、距離を置かれていたんですね。先生になんでもかんでも密告するということで、〝チクリ〟という綽名があったぐらいです。

その子が、ビーカーに触れて、大怪我をしたんです。怪我なんてもんじゃありません。腕を切り落とさなくてはならないぐらいの重傷でした。ビーカーに触ったぐらいで、腕を切り落とすほどの怪我をするか？　ってことですよ。

でも、あるんです、そういうことが。私、彼女の手をちらっと見てしまったんですけれど、……もう、なんというか。黴《かび》が生えた土壁というか、褐色と緑色が混ざり合った粘土というか。とにかく、初めて見る色に染まっていました、彼女の手は。しかも、腐敗臭もすごくて。彼女はすぐに病院に運ばれましたが、その一時間後には、腕ごと切り落とされたって聞いて。その情報はすぐに、学校全体に知れ渡りました。もう、それはそれは、大騒ぎでしたよ。祟《たた》りか？　とパニック状態に陥って。理科室に幽霊が出るという噂がありましたので、それで。

……ええ、よくある、学校の怪談ってやつです。うちの中学には、他にも女子トイレ、音楽室、体育館の倉庫、そして屋上に続く階段に、いわくがありました。もしかして、次は女子トイレじゃないか？　と噂がたちはじめた頃、男子トイレで事件が起きました。体育館の横にある、滅多に使用されない男子トイレです。洗面台で水道の蛇口をひねろうとした数学の教師の手が、またもや壊死したのです。理科室の事件があったその日の、夕方です。教師はすぐに病院に運ばれましたが、やはり、指を五本、切断してしまったそうです。

さらに騒ぎは大きくなって。絶対、これは祟りだ！　って。

……でも、私には、なんとなく、その原因は分かっていました。フッ化水素酸なんじゃないかって。

事実、そうでした。でも、学校側はそれを公にはしませんでしたけどね。怪談の噂を放置して、いえむしろそれを利用して、うやむやにしてしまったんです。だから、ある男子生徒が警察に連れて行かれたことも公にはなりませんでした。

そう、あの、演劇部の、町工場の息子です。

彼の実家の工場には、フッ化水素酸が日常的に置いてあるらしく、彼だったら、フッ化水素酸を入手することもできるという単純な理由だけで、警察に連れて行かれました。ちなみに、その子は、その翌月、転校してしまいました。

あとで聞いた話だと、護身用のつもりでフッ化水素酸を持ち歩いていて、ほんのいたずら心で、ビーカーと蛇口に塗ってみたんだそうです。当時、強力接着剤をドアノブとかに塗るドッキリが流行っていたものですから、その一環のつもりだったと。フッ化水素酸がそれほど劇薬だったとは知らなかったと。

結局、子供のいたずら、ということで警察も手打ちにしたようです。

でも、違うんです。……私は、知っているんです。

フッ化水素酸を彼から入手し、そして明確な殺意のもと、それを使用したのは、海藤さんだってことを。

なぜなら、日記に、その計画の詳細が書かれていたからです。

理科室のビーカーと男子トイレの蛇口に、フッ化水素酸を塗ることも、日記にはしっかりと綴られていました。それを誰が触るか、ということも、普段の行動から実にみごとに予測してありました。理科室のビーカーは計画通り、〝チクリ〟が被害者になりました。でも、トイレの蛇口は誤算でした。本当のターゲットは、クラスの担任でした。計画が狂ったせいなのか、それとも他のことが原因なのか分かりませんが、海藤さんはそれ以降、学校に現れることはありませんでした。

彼女が隣町の中学校に転校することが分かったのは、翌週でした。蘭聖学園の高等部を受験するからその準備のため蘭聖学園により近いところに引っ越す……というのが理由でしたが。町工場の息子、そして海藤さんと立て続けに転校することになったら、本来ならば、なにかおかしい……と噂が立つんでしょうが、でも、それどころではなかったんです、学校は。パニック状態はなかなか沈下せず、むしろどんどん大きくなって精神を病む子も続出して転校も相次いだもんですから、海藤さんと町工場の息子の転校も、特に怪しまれることはなかったんです。

でも、私だけは、その真相を知ってしまったんです。

フッ化水素酸を持ち出したのは確かに町工場の息子でしたが、彼は、本当にフッ化水素酸が劇薬であることを知らなかったんだと思います。そんな彼とフッ化水素酸を利用したのは、間違いなく、海藤さんです。日記では、フッ化水素酸で、クラスの全員にダメージを与える計画でした。

ただ、分からないのは、どうして町工場の息子が、全部自分がしたことだと言ったのか？ということです。

……ああ、もしかして、実際にフッ化水素酸を塗ったのも、町工場の息子だったのかもしれませんね。海藤さんに言い包《くる》められて。それこそ、彼の言うとおり、「ちょっとしたいたずら」だと言われて、それで実行してしまったのかもしれません。接着剤を塗る程度の軽い気持ちで。

だとしても、それならそれで、なぜ、海藤さんの名前を出さなかったのか？

これは、きっと、共犯者の心理でしょうね。

町工場の息子は、知らず知らずのうちに共犯者にさせられて、そして、いろいろと問いつめられるうちに、自分が主犯になった錯覚に陥ったのでしょう。

私も、まったく同じです。

私も、あの日記を読まされたために、いつのまにか共犯者にさせられてしまいました。

私が日記を隠し持っている理由は、海藤さんの優位に立ちたかっただけではありません。まるで自分が主犯者のように、怯《おび》える境遇に立たされたからです。だから、私は、今の今まで、このことをひた隠しにするしかなかったんです。

私が口を噤《つぐ》むことで、海藤さんの罪が詳らかになることもなかったんです。

要するに、海藤さんは、二人の共犯者を立てることで、同時に自分の罪を封印することに成功したんです。

でも、封印は、もうおしまいです。

私は、今日、ある覚悟を持って、ここに参りました。

松川先生からメールをいただいたとき、これは私に与えられた最後のチャンスだと思いました。これで、ようやく、ずっと背負い続けてきたものから解放されると思いました。

だから、今日は、これを持参したんです。

お願いです。どうぞ、これを、お納めください。

もう、私は、これを持っていたくはないのです。

3

「もう、私は、これを持っていたくはないのです」

そう言いながら、小出志津子がテーブルの上に置いたのは、一冊のノートだった。サンリオのキャラクターがちりばめられている、ファンシーノートだ。

「中を見ても？」

松川凜子が聴くと、

「ええ、もちろん。それは先生にお預けしますので、お好きにしてください」

と、小出志津子は、チキンドリアと一緒に頼んだフレンチポテトを摘んだ。

先ほどよりもさらに顔色がいい。それは、フレンチポテトが美味しいことだけが理由ではないのだろう。長年背負い続けてきた重荷をようやく下ろしたことによる、安堵《あんど》感も含まれているに違いない。

凜子は、なにか厄介な荷物を押し付けられたような気分で、ゆっくりと、表紙を捲ってみた。

第七話　海藤恵麻の行方

1

（二〇一五年六月八日月曜日）

松川凜子は、シートに身を沈めると早速手帳を広げた。逗子駅発十六時二分の湘南《しょうなん》新宿ライン、新宿には十七時八分に到着する予定だ。一時間はある。

この一時間で、どこまでまとめられるかは分からない。

が、職業柄の勘なのか、とてもいやな予感がするのだ。

その予感が的中したとしても、外れたにしても、ある程度の心の準備というか、……整理が必要なのだ。

凛子は、手帳にボールペンの先を置くと、まずは〝柏木陽奈子〟と走らせた。


【柏木陽奈子】

一九八六年（昭和六十一年）生まれ。蘭聖学園八十九期生。在学中の綽名は〝ジミティー〟。大学在学中に、漫画家デビュー。デビュー二年後に発表した作品がスマッシュヒット、売れっ子に。将来を期待されていたが、去年の二〇一四年（平成二十六年）六月二十五日（水）、午後四時十五分頃、仕事場として借りていたアパート（吉祥寺駅から徒歩二十分）近くの歩道橋から転落し、翌日死亡。享年二十八歳。


【小林友紀】

一九七六年（昭和五十一年）生まれ。現在三十九歳。一九八九年（平成元年）、蘭聖学園中等部に入学。一九九七年（平成九年）、漫画家デビュー。が、売れず、アシスタント業に従事。一九九八年（平成十年）結婚、その二年後女児を出産するも、二〇〇三年（平成十五年）、離婚。瑠璃市の実家に娘とともに身を寄せる。同年、漫画家として母校の蘭聖学園で講演会を行い、当時高等部二年生の柏木陽奈子と出会う。

二〇一〇年（平成二十二年）頃、娘を実家に残し、上京。アシスタントとして、売れっ子漫画家を渡り歩く。二〇一四年（平成二十六年）、編集者の紹介で、柏木陽奈子のアシスタントに就くも、同年六月二十五日、柏木陽奈子を職場近くの歩道橋から突き落とす。

蘭聖学園六十二期生の〝サカタニ　ノリコ〟の依頼で、私、松川が弁護を引き受ける。未必の故意による殺人ではなく、認識ある過失の傷害致死を主張。結果、傷害致死罪で、懲役二年六ヵ月が、今年の四月十六日に言い渡される。

【鈴木咲穂】

旧姓室伏《むろふし》。一九八六年（昭和六十一年）生まれ。今年二十九歳。蘭聖学園八十九期生。柏木陽奈子とは高等部時代のクラスメイト。高等部時代の綽名は〝コメンテーター〟。現在も、生まれ育った瑠璃市に在住。いわゆる〝地元組〟。夫は歯科医、一児の母。

去年の二〇一四年（平成二十六年）六月二十三日（月）、私、松川の事務所に相談しにやってくる。相談内容は、元同級生で現在はママ友でもある〝大崎多香美〟に関する悩みと、そして〝六月三十一日の同窓会〟の案内について。

ちなみに、蘭聖学園百周年記念同窓会の幹事の一人。

凜子は、いったん、ペンを止めた。

そうだ。鈴木咲穂が事務所を尋ねてきた翌々日に大崎多香美が死んだニュースが流れ、そしてその日に柏木陽奈子も突き落とされ、翌日死亡した。ということは、蘭聖学園連続不審死事件は、あるいは六月二十三日が起点なのかもしれない。

蘭聖学園連続不審死事件。無論、こう呼んでいるのは、自分だけだ。柏木陽奈子の死も、大崎多香美の死も、まったく無関係な環境・状況で起きたもので、だから、今のところ警察も世間も、それを関連づけて考えてはいない。凜子も、このふたつの事件だけならば、関連づけることもなかった。〝蘭聖学園〟の卒業生、いやもっといえば同級生が、たまたま、同時期に死亡した……としか、認識していなかっただろう。

しかし、今思えば、鈴木咲穂は、ある程度なにかを予感して、自分を訪ねてきたのかもしれない。ママ友との人間関係ぐらいで、そもそも、弁護士に相談なんかくるはずもない。

そうだ。時系列的にいえば、この〝鈴木咲穂〟が真っ先にこなくてはならない。

凜子は、ペンを再び手帳に走らせた。

① 二〇一四年(平成二十六年)六月二十三日(月)十三時頃、鈴木咲穂、来訪。

② 二〇一四年(平成二十六年)六月二十四日(火)二十三時頃、大崎多香美、自宅玄関先で死亡。翌日ニュースで流れる。

③ 二〇一四年(平成二十六年)六月二十五日(水)十六時十五分頃、柏木陽奈子、職場近くの歩道橋から転落、その翌日死亡。

④ 柏木陽奈子を歩道橋から突き落とした容疑で、小林友紀を逮捕。

「大崎多香美……」

凛子は、手帳を遡ると、記憶を辿った。

そういえば、この人、〝フッ化水素酸〟で亡くなったはずだ。〝フッ化水素酸〟に触れ、それが原因で急死している。どうして彼女が〝フッ化水素酸〟に触れたのか、それはまだはっきりしていない。

〝フッ化水素酸〟など、そうそう手に入るものではない。普通の人がなにかの間違いで触れる機会など、日常的に転がっているはずもないのだ。なぜ、大崎多香美は、〝フッ化水素酸〟に触れたのだろう？

スマートフォンを取り出すと、〝大崎多香美〟で検索してみる。当時の新聞記事が複数ヒットした。その他にも、大崎多香美を知る者が投稿したと思われる匿名掲示板の記事もひっかかった。

本当に、便利になったものだ。こうやって電車に乗っていながら、事件のあれこれを調べることが簡単にできるんだから。自分が弁護士になりたての頃は、それこそ、ちょっとしたことを調べるのにも、わざわざ足を使っていたものだ。新聞記事を探し出すのだって、半日はかかった。なのに、今は。

が、それはそれで、別の厄介事もついてくる。あまりにも情報が溢れていて、〝ガセ〟を摑まされることも多いからだ。事実、匿名掲示板には、明らかに大崎多香美に対して悪意のある書き込みもちらほら見られ、それはどれも、私情の混じった悪口だった。

〝自業自得〟だの〝地獄に墜《お》ちろ〟だの。

しかし、なんで〝自業自得〟なんだろう？　その書き込みを読んでみると、どうやら大崎多香美は、敵の多い人間だったようだ。これは鈴木咲穂も指摘していたのだが、謙虚で真面目なキャラクターを演じつつも、その陰で、小さな嫌がらせを繰り返すような人間だったらしい。対象者の一番弱い部分を巧みに刺激して、最小限の攻撃で最大限のダメージを食らわすのが得意だったという。

それだけじゃない。大崎多香美は、略奪婚だという。十歳年上の飲食店経営の男性と大学在学中の頃より不倫関係にあり、二十四歳のときに大崎多香美が妊娠をしたことがきっかけで、男性は離婚している。捨てられた奥さんは自殺未遂まではかった……というような書き込みまである。

よほど近しい人が投稿した記事なのか、略奪された元妻に関する記事が、妙に詳しい。……あるいは、本人か？

凜子は、頭を整理するために、改めてペンを走らせた。


【大崎多香美】

旧姓本田。一九八六年（昭和六十一年）生まれ。蘭聖学園八十九期生。高等部時代に、鈴木

咲穂、柏木陽奈子とクラスメイトに。綽名は〝委員長〟。

二十四歳のときに十歳年上の男性（自営業）と不倫の末結婚。その男性との間に一児をもうける。

死亡当時、瑠璃市にほど近い鎌倉市に在住。典型的なセレブ妻。鈴木咲穂のママ友。蘭聖学園百周年記念同窓会の幹事の手伝いをしていた。

死亡した日に、誰かと約束をしていたらしい？


……死亡当日に、誰かと約束していた、というのは、掲示板の書き込みからの情報だ。だから、〝ガセ〟の可能性もある。

が、当時の週刊誌記事によると、大崎多香美がその日、誰かを家に迎えいれる準備をしていたのは確かなようだった。いわゆる〝ママ友〟のお茶会が開かれることになっていたという。その恒例のお茶会が終わり、いつものように買い物に行き、夕飯の支度をし、そして家族で食卓を囲んだ。そのときまでは、元気だったと、夫が証言している。

が、就寝しようとベッドに入った二十三時頃、多香美は猛烈な痛みを訴える。救急車を呼ぶも、深夜ということでなかなか到着せずに、自宅の玄関先で死亡した。享年二十八歳。死因は、急性薬物中毒。

大崎多香美の体内からは〝フッ化水素酸〟が認められたという。それは両手、両腕に及び、その激痛は想像を絶するものだったのだろう、大崎多香美は激しくのたうち回った。どんなに押さえつけてもそれをふりほどき、彼女は暴れ回ったという。そのときの断末魔の叫びは、近所中に轟いたという。大崎多香美は、地獄の苦しみの中、死んでいったのだ。

真っ先に疑われたのは夫で、事実、任意で取り調べもされているが、決定的な証拠も動機もなく、早々に容疑者リストからははずされている。では、事故だったのか？　なにかの間違いで、〝フッ化水素酸〟を浴びてしまった……？　いや、洗剤や入浴剤ではないのだ。間違って触れるような代物ではない。

それにしても、なぜ、〝フッ化水素酸〟なのだろうか。

謎多き事件である。

結局、大崎多香美の事件は、いまだ、解決していない。

この事件をニュースで知ったとき、凜子はなにか〝違和感〟を覚えたのを記憶している。が、当時、難しい仕事を数件抱えており、また慢性的な頭痛もあり、その〝違和感〟はいつのまにか消えていた。しかし、どこかで気になってはいたのだ。蘭聖学園のＯＧでもあるし、なにより、相談しにやってきた鈴木咲穂が話題にした人物だ。

凜子は、ふと気になって、スマートフォンに視線を戻すと〝フッ化水素酸〟を検索してみた。

ネット百科事典の Wikipedia によると――

【フッ化水素酸】

各種フッ素化合物の原料として重要であるほか、ガラスの化学加工や、半導体製造時のシリコンのエッチングに用いられる。……歯科技工の分野でも用いられるが、毒物のため生きた人間の歯に塗布してはいけない。触れると激しく体を腐食する危険な毒物としても知られる。


「歯科？」

凜子は、手帳を改めて眺めた。

『鈴木咲穂……夫は歯科医』

歯科医なら、フッ化水素酸は簡単に手に入るはずだ。前に、フッ化ナトリウムとフッ化水素酸を間違って患者の歯に塗布し、患者を死に至らしめた事件があった。

「まさか……ね」

凜子は、手帳に書かれたその名前を見つめた。

鈴木咲穂。

彼女がどんな人物だったか、その容姿はぼんやりとしか記憶していないが、その印象は今も鮮明だ。

〝コメンテーター〟という綽名に相応しく、包み隠さず思ったことをそのまま口にする人物だった。いってみれば、裏表のない性格。仮に嘘をつくことがあったとしても、そのときは心の動揺が顔に現れるタイプだ。凜子は職業柄、いろんな嘘を見てきた。だから、嘘をつく人間の表情については、自信がある。鈴木咲穂は、少なくとも、あのときは〝嘘〟はついていなかったはずだ。そう、彼女が内に秘めた〝殺意〟を隠していたならば、それが表情に現れていてもおかしくない。

……いや、あるいは、鈴木咲穂は天才的に嘘が上手い人物なのかもしれない。この私を侮るほどに。そもそも、なぜ、あの日なのだ。あの日……去年の六月二十三日、まるで大崎多香美の死を予言するように、鈴木咲穂はうちの事務所を訪れたのか。もしかして、私をアリバイ工作に使った？

いや、いくらなんでも考え過ぎか。夫が歯科医というだけで、ここまで話を飛躍させるのは、弁護士としていかがなものか。ただの偶然なのかもしれないのだ。鈴木咲穂の夫が歯科医なのも、そして、六月二十三日という日も。

いずれにしても、鈴木咲穂には近いうちに会っておかなくてはならない。大崎多香美の件もさることながら、〝六月三十一日の同窓会〟の件も気になる。そもそも、鈴木咲穂が自分を訪ねてきたのは、〝六月三十一日の同窓会〟の案内状が送られてきたことによる不安からだったのだ。

〝六月三十一日の同窓会〟とは、蘭聖学園に古くから伝わる〝伝説〟だ。全国の学校にある〝学校の怪談〟のようなものだ。〝六月三十一日の同窓会〟に招待されたら、〝お仕置き〟が待っている……という他愛のない伝説だ。

　蘭聖学園はかつて、生徒どうしで〝お仕置き〟をする伝統があったと聞く。教師は〝躾〟と言っているが、いずれにしても教師が直接それをするより、生徒どうしでやらせたほうが効果があると考えたのだろう、上級生が下級生に〝お仕置き〟することを黙認していた。それは〝お仕置き〟という名の、リンチでもあったという。

　が、少なくとも、凜子が在学していた頃にはその伝統も廃《すた》れていた。凜子が入学するちょっと前に、なにか事件があったとも、事故があったとも聞く。いずれにしても、学園の運営側は声明を出したというのだ。上級生は下級生に一切、口も手も出してはならないと。そのせいで、蘭聖学園は学年ごとにまるで鉄の壁があるようだった。本来は、〝お仕置き〟という名の〝リンチ〟を行ってはいけないという声明が、いつのまにか、学年を超えて接触してはいけないと、拡大解釈されてしまったせいだ。この拡大解釈は、吉とも出たし、凶とも出た。吉というのは、上級生の目を気にせずに、伸び伸びと学園生活が送れたこと。凶というのは、〝上級生〟という重しがとれたために、今度は同級生どうしで〝お仕置き〟する伝統が残ってしまったこと。それも、巧妙に。

「まったく、思い出したくもない」

　凜子は、目頭を揉んだ。

　視線を車窓に移すと、鎌倉の風景が忙しく流れている。凜子は、逗子駅の売店で買ったアーモンドチョコレートの箱を開けると、その一粒を口に放り込んだ。

懐かしい味だ。

受験のときは、このアーモンドチョコレートを傍らに、次々と襲ってくる眠気と空腹とイライラをやりすごしていたものだ。一日に五箱も空けたこともあったっけ。舌の上でチョコレートを溶かして、アーモンドだけを残すのが凜子のやりかただった。そのアーモンドを心行くまで舌の上で転がして、そして、ここぞというタイミングで、歯で打ち砕く。そのときに訪れる微かな快感が、凜子の脳を一瞬だけ解放してくれる。

凜子は、あのときと同じように、舌の上で丸裸になったアーモンドを勢いを付けて噛み砕いた。

……微かな快感が、蘇《よみがえ》る。そして、もう一度その快感を味わおうと、もう一粒、口の中に放り込んだ。

その一方で、改めて、手帳に書かれた〝鈴木咲穂〟という名前を眺めた。

鈴木咲穂の顔が、ぼんやりとではあるが浮かんでくる。あの、青ざめた顔が。

そう、彼女は怯えていた。〝お仕置き〟されるのではないかと。あの怯えは、決して演技などではない。

凜子は、〝鈴木咲穂〟の名前に大きく印を付けた。そして、〝ターゲット?〟と小さく書き加える。

ターゲット。

確か、福井結衣子もそんなようなことを言っていた。

そう、あれは、先月の五月。福井結衣子が事務所を訪れたときだ。

凜子はペンを握り直すと、手帳にペン先を押し付けた。


【福井結衣子】

一九八六年（昭和六十一年）生まれ。蘭聖学園八十九期生。柏木陽奈子、鈴木咲穂、大崎多香美とは高等部時代のクラスメイト。高等部時代の綽名は〝ヤッキョク〟。その由来は、実家。福井家は瑠璃市に代々続く薬局。母は薬剤師、父は自称映像作家（心不全で他界）、七歳年上の姉（狭山路子）は主婦。

今年の五月二十日（水）十一時頃、私、松川の事務所に法律相談をしにやってくる。

相談内容は、二つ。ひとつ目は、〝六月三十一日の同窓会〟について。彼女が蘭聖学園高等部一年生のときに、学業発表会の演目に選ばれた『六月三十一日の同窓会』という創作劇のことだ。この創作劇の内容通りに、柏木陽奈子も大崎多香美も、そして自分の親友も死んでいる。次は自分ではないか。自分が殺されるのではないか。

そして相談の二つ目は、家族について。福井結衣子は、母親にストーキングされ、そして殺されるという被害妄想を抱いていた。

そのときはテレビ番組の収録を控えていたため体よく追い出してしまったが、その日の午後、新宿駅の山手線《やまのて》のホームの際で倒れて、病院に搬送される途中で死亡。死因は〝心不全〟。享年二十九歳。

凜子は、消え入りそうな溜め息を吐き出した。

そう、福井結衣子の死を知ったのは、彼女が訪ねてきた直後のことだった。この日はテレビ番組の収録があり、楽屋でメイクをしてもらっていた。そのとき、連絡があって……。

これも偶然?

あとで聞いた話だと、福井結衣子は、ホーム上で突然倒れたという。なにかの拍子で進入してきた電車に危うく接触しそうになり、そのときの心因的なショックが原因だとも言われているらしい。

「次に殺されるのは自分だ」という暗示が、知らず知らずのうちにホームの際に追いやり、そして、電車に轢《ひ》かれるという恐怖が、心臓を停止させたというのか。

それとも、福井結衣子の言う通り、あるいは母親が?

いや、それはないだろう。彼女の母親は、むしろ、娘を救おうとしていた。

そう、彼女の姉である狭山路子が事務所を訪ねてきたのは、先々月の四月のことだったろうか。相談内容は、妹の結衣子のことだった。

結衣子は蘭聖学園高等部を卒業後は、都内の服飾関係の専門学校に進学。その後、〝アッパークラスコミュニケーションズ〟というマルチ商法の会社に就職。知人、家族、元同級生を相手に、〝投資〟と称して水や健康食品などを売りつけていた。ときには高利のローンを組ませ、ローンを組まされた被害者が実家に怒鳴り込んでくる始末。そのつど、母親がローンの肩代わりをしていたが、とうとう、ローンのせいで自殺者が出た。結衣子の元同級生の一人だ。このままでは、妹は本当に犯罪者になってしまう、いや、もうすでに犯罪者だ。これ以上被害者がでないように、どうにかして、今の会社から妹を救い出したい……という相談だった。

そのときは、会社の反社会的行為を立証するために証拠を集めるように、アドバイスした。そして、興信所も紹介した。それが結衣子に〝ストーカー〟を疑わせて、結衣子自身が、私の事務所のドアを叩くきっかけになったのかもしれないが。

いずれにしても。

凛子は、手帳のページを遡ると、〝⑤〟と付け加え、新たに情報を書き足した。

そして、その時系列を改めて眺めながら、キーワードにマーキングしてみる。

①　二〇一四年（平成二十六年）六月二十三日（月）十三時頃、鈴木咲穂、来訪。

②　二〇一四年（平成二十六年）六月二十四日（火）二十三時頃、大崎多香美、自宅玄関先で死亡。翌日ニュースで流れる。

③　二〇一四年（平成二十六年）六月二十五日（水）十六時十五分頃、柏木陽奈子、職場近くの歩道橋から転落、その翌日死亡。
④　柏木陽奈子を歩道橋から突き落とした容疑で、小林友紀を逮捕。
⑤　二〇一五年（平成二十七年）五月二十日（水）の十四時頃、福井結衣子、新宿駅の山手線のホームで倒れ、病院に搬送途中に死亡。死因は心不全。

なるほど。こうやって見ると、確かにその死は〝連続〟している。

「それだけじゃありません。多香美さんの死を皮切りに、陽奈子さん、結衣子さん……ああ、その前に寧々さん」

そう言ったのは、矢板雪乃という人物だ。凜子は、手帳を捲ると、その白いページに新たに項目を書き加えた。


【矢板雪乃】

一九八六年（昭和六十一年）生まれ。蘭聖学園八十九期生。柏木陽奈子、鈴木咲穂、大崎多香美、福井結衣子とは高等部時代のクラスメイト。高等部時代の綽名は〝おひぃさま〟。

矢板家は地元でも有数の名家、戦前は爵位も持っていた。〝おひぃさま〟の綽名に相応しく、洗練された美人。

矢板雪乃が、「次に殺されるのは私かもしれません」と、切羽詰まった声で凜子に電話してきたのは、福井結衣子の葬式が行われたその日だった。

彼女もまた、八十九期生。柏木陽奈子らと同期で、高等部の三年間、同じ教室で過ごしたクラスメイトだ。

電話があった翌日に、瑠璃市文化センター内のカフェで矢板雪乃と会った。

本当は、わざわざ相談者のもとまで足を運ぶほど、暇ではない。弁護士不遇時代といわれる昨今ではあるが、ありがたいことに常に仕事は山積みだったし、依頼もひっきりなしだ。

それでも、矢板雪乃に自ら会いに行ったのは、抑えきれない好奇心からに他ならないと、後に凜子は自身を分析していた。欲望にも近いその荒ぶる好奇心をどうしても抑えられなかった。抑えようとしても、電話がかかってくる。「次に殺されるのは私かもしれない」という、八十九期生たちからの悲鳴に似た相談の電話だ。福井結衣子の死は、八十九期生に、本格的な恐怖の火種を植え付けたようだ。その日、四本の同じような電話があり、そして五本目が、矢板雪乃だった。我慢ならなかった。「先生の事務所に伺っていいですか？」という矢板雪乃に対して、「私がそちらに行く」と凜子自身が申し込んでいた。我ながら驚きの行動だったが、しかし、わざわざ足を運ぶ甲斐もあった。

矢板雪乃からは、興味深い話を色々と聞けた。

まずは、福井結衣子も触れていた、創作劇の『六月三十一日の同窓会』について。

……凜子は、またもや苦い思いに駆られた。が、それを振り払うと、手帳にペンを押し付け、〝創作劇、六月三十一日の同窓会〟と書き殴った。


【創作劇・六月三十一日の同窓会】

八十九期の生徒が高等部一年生のときに〝学業発表会〟で発表した創作劇。

舞台は、〝ホテルニューヘブン〟。

なにかしらの理由で、ホテルのレストランに次々と集められる十七人の生徒たち。どうやら、そこは〝異界〟で、集められた生徒たちは死んでいるらしい。

どうして、自分たちは死んだのか、その原因と方法を十七人で推理し合う。

推理し合ううちに、自分たちは〝殺害〟されたのではないかという結論に達する。その第一稿では、凶器は〝フッ化水素酸〟。


フッ化水素酸。凜子のペンが、はたと止まる。ここでもまた、フッ化水素酸。

そしてページを遡ると、凜子は、手帳に書き殴った文字の羅列をまじまじと見つめた。

「福田結衣子さんのお母さん……薬剤師？」

薬剤師ならば、〝フッ化水素酸〟も簡単に入手できるだろう。

いやいや。だから、それは飛躍のし過ぎだって。自分はどうも、直感で思考をショートカットする癖がある。弁護士になって、その癖は矯正できたと思っていたが、やはり、時々、こうやって悪癖が顔を覗かせる。

凛子は、背中を伸ばした。猫背も、悪癖のひとつだ。これも、なかなか直らない。意識して背筋を伸ばすのだが、いつのまにか、老婆のように曲がってまう。

車窓の外を覗くと、戸《と》塚《つか》駅を通過したところだった。もうしばらくしたら、横浜か。まだ時間はある。凛子は、再び手帳にペンを滑らせると、【創作劇・六月三十一日の同窓会】の項目に、情報を追加した。

〝十七人の生徒は、A子からQ子まで、それぞれアルファベットで呼ばれている。A子は大崎(旧姓本田)多香美、B子は柏木陽奈子、C子は寧々、D子は福井結衣子……〟

「C子は寧々」

凛子の背中が、また、猫のように曲がる。

矢板雪乃が言うには、〝寧々〟とは、福井結衣子に勧められたマルチ商法のせいで、自殺に追い込まれた人物だ。この人物が、いつ、どんな形で死に至ったのかは、今はまだ調べきれていない。凛子は、〝寧々〟という文字の横に〝要調査〟と加えると、もうひとつ、名前を付け加えた。

〝恵麻〟

この創作劇のシナリオを書いた人物だ。

ちなみに、八十九期生は、担任教師の意向もあり、生徒どうしを下の名前で呼んでいたようだ。が、これはなにも八十九期生特有の習慣ではなく、凜子の時代もそうだった。女子は、ゆくゆくは結婚して姓が変わる。だから、姓を覚えていたとしても、それはいつかは無効になる。が、名前は一生ものだ……というのがその理由だった。要するに、蘭聖学園というのは、そういう学校だった。良妻賢母を育てる、〝花嫁学校〟。ジェンダーとか男女平等とか、表向きはそんな時代の風潮を取り入れたとしても、創立当時のコンセプトは不動なのだ。

〝恵麻〟という人物も、だから、矢板雪乃の記憶の中ではどこまでいっても〝恵麻〟で、その姓は忘却の彼方だった。いや、忘却する以前に、覚えようとしたことすら、一度もないのだろう。

だから、〝海藤〟という姓を凜子が出したときも、矢板雪乃はぽかんとしていた。

でも、その画像を見せると、矢板雪乃は、確かに言った。

「そうです、恵麻さんです。間違いありません」

海藤恵麻。

凜子の事務所で働く、スタッフだ。五年前に雇い入れている。とても優秀なスタッフで、凜子のお気に入りだ。

まさか、あの子が、蘭聖学園に在籍したことがあり、そして、柏木陽奈子らとクラスメイトだったなんて。しかも、『六月三十一日の同窓会』という創作劇を書いた人物だったなんて。

これも、偶然か？

いや、ここまでくると、偶然で片付けるわけにはいかない。ここまで偶然が重なるには、〝意図〟が必要だ。そう、誰かの意図が。

それにしても気になるのは、海藤恵麻が、蘭聖学園のことについて一言も触れなかった点だ。あれだけ蘭聖学園の関係者やＯＧが訪れたり電話があったりしたのに。それを一言も言わなかったのは、どんな意味があるのか。それを本人に訊けないまま二週間が過ぎ、そして今日、海藤恵麻の中学時代を知る人物に会うために、凜子は逗子に向かったのだった。

その人物は、〝小出志津子〟といった。一九九九年（平成十一年）、地元の公立中学校に入学、そこで、海藤恵麻と出会い、親友に。交換日記をはじめる。

「海藤恵麻……」

凜子は、つい二時間ほど前に聞いたその話を、生々しく思い出していた。

それがすべて真実だとすると、間違いなく、海藤恵麻は精神的な病名がつく疾患者であろう。あるいは、サイコパス。とにかく、そのエピソードは凄《すさ》まじいものだった。まだ少年犯罪に寛容な時代だったからこそ、その犯罪は隠され有耶無耶《うやむや》にされたのだろうが、しかし、彼女が犯したその罪は、明らかに重罪だ。隠すべきではないし、有耶無耶にしてもいけなかった。……が、仮にそれが起訴され、自分がその弁護を依頼されたらどうするだろうか。やはり、「十四歳」という年齢を盾にして、無罪を勝ち取るために奮闘したに違いない。そう、当時の大人が「まだ子供なのだから」と、彼女の罪を見逃したように。

凛子は、再び目頭を揉んだ。目の奥の方がじんじんしている。いつもの頭痛の前兆だ。アーモンドチョコレートがいけなかったのか。チョコレートは頭痛を誘発すると、いつか聞いたことがある。

でも、我慢できない。

凛子は、アーモンドチョコレートの粒を口に押し込んだ。


電車は、東京に入ったようだ。次は大崎駅だと、アナウンスがある。

いずれにしても。

事務所に戻ったら、海藤恵麻に訊いてみよう。

だって、間違いなく、海藤恵麻がなにか鍵を握っている。

〝蘭聖学園連続不審死事件〟の鍵を。〝六月三十一日の同窓会〟の謎を。

凛子は、手帳を静かに閉じた。

2

しかし、事務所には海藤恵麻はいなかった。

彼女の勤務時間は朝の九時から夕方の六時までだが、その六時にはまだ十五分ほどある。なのに、見えるのは、古参の男性スタッフ、タムラさんの丸い背中だけだ。

「海藤さんは？」

上着を脱ぎながらタムラさんに訊くと、「え？　いないんですか？」と、逆に訊かれた。

「さっきまでは、いましたよ？」と、タムラさんは、老眼鏡を外しながら、目をしょぼつかせた。「おやつでも買いに、コンビニでも行ったんでしょうか？　だって、上着はありますよね？」

タムラさんの言う通り、海藤恵麻のデスクの椅子には、上着がかかっていた。が、これは常時ここにかかっている上着で、これがあるからといって、彼女がまだ事務所にいる証拠にはならない。

凜子は、デスクの下を覗き込んだ。そこにはプラスチック製の籠が置いてあり、この中にバッグなどの私物を入れておくのが海藤恵麻のやりかただった。もちろんロッカーもあるのだが、バッグはすぐに手が届く場所に常に置いておきたいと、いつだったか100均で籠を買って来て、ここに置いた。

ない。

籠の中には、バッグはなかった。

「え？　でも、帰るなんて一言も言ってませんよ？　きっと、バッグを持って、コンビニに行ったんですよ」

タムラさんは言ったが、しかし、バッグだけでなく、ランチバッグも見当らなかった。海藤恵麻は、必ず手作りのお弁当を持ってくる。それに気づいた凜子が、彼女の誕生日にプレゼントした、リバティ柄のランチバッグだ。気に入ってくれたようで、毎日欠かさず持ってきていた。……それが、ない。

「え？　じゃ、本当に帰っちゃったんですかね？　全然、気がつかなかった。……水筒は？　水筒もありません？」

水筒は、ある。

「なら、やっぱり、帰ってませんよ。だって、あの子が水筒を置いて帰るわけありませんもん。だって、あの子、自分で作ったハーブティーしか飲まないって言ってましたから」

確かに、海藤恵麻が水筒を会社に置き忘れて帰ったことなど、今まで一度もない。

「そんなことより、先生。お時間、大丈夫なんですか？」

「え？」

「今日は、テレビ収録の日ですよね？」

「え？」

「いつものレギュラー番組。〝怒りの人生相談所〟の収録、予定が変更になって、明日から今日になったんですよね？」

　血の気が引く。そうだ。先週連絡があり、収録が今日に変更されたのだった。確か、本番は十九時から。

　時計を見ると、十八時になろうとしている。

　腋《わき》から、汗が滲《にじ》んでくる。

　が、凜子は取り澄ました表情で、

「うん、そう。これから、収録。でも、ちょっと忘れ物があって、事務所に寄ったの」

　と、自分のデスクに早足で行くと、「えーと、どこにやったかしら、……ああ、これこれ」などと聞こえるような独り言を言いながら、特に必要もない書類を鞄《かばん》に入れた。タムラさんが、無表情でこちらの様子をうかがっている。その老眼鏡の奥の目が「先生、大丈夫ですか？　最近、物忘れ、ちょっとひどくないですか？」と言っているようだ。それを否定するように「まったく、あのプロデューサー、人の都合なんて完全無視で、勝手に予定を変更するんだから、ほんと、いやんなっちゃう」などと言いながら、一度脱いだ上着を再び着込んだ。

＋

「先生、お忙しそうですね」

いつものメイクさんが、そんなことを言いながら、凜子の髪にドライヤーを当てた。いつもは、一時間ほどかけて、髪から顔まで、きっちりとメイクしてもらう。が、今日はさすがにそんな時間はない。あと十五分で本番がはじまる。凜子は、「ええ、ちょっと、ここんところ、いろいろと立て込んで」と言い訳めいた返事をしながら、台本を捲った。

〝怒りの人生相談所〟は、凜子が五年前からレギュラーで出演している番組だ。芸能人や一般人の相談をコミカルに再現し、そして弁護士や医師、そして大学教授などの専門家が回答するという趣旨のバラエティー番組だ。結構な人気番組で、平均視聴率も二十％を下回ったことはないと聞く。この番組のおかげで、仕事も格段に増えた。今の多忙な毎日があるのは、まさに、この番組のおかげだ。

そう、この番組がはじまる前は、凜子の事務所もぎりぎりの経営状態だった。大手法律事務所から独立して自分の事務所を構えたはいいが、なかなか良質な依頼はなかった。良質な……というのは、つまり、大口の顧問契約だ。これがとれないと、事務所を回していくのはなかなか難しい。飛び込みの単発依頼がいくらあったとしても、安定した収入が見込める顧問契約がとれないことには、明日をも知れない身なのだ。が、この番組にレギュラー出演が決まった後は、それこそ引く手数多《あまた》となった。

思えば、この番組に出演が決まった五年前は、自分の人生にとって大きな分岐点だったのかもしれない。占いとか運命とか信じるほうではないが、間違いなく、人生には〝分岐点〟が存在する。

「分岐点……」頭で思っていたことがぽろりと口から出ていた。

「え？」

メイクさんのブラシが、一瞬、止まる。が、もたもたしている暇はないと、すぐさまそのブラシを髪に巻き付けた。

「Aをとるか、Bをとるか、はたまたCをとるか。……そんな分岐点が、人生にはときどき現れるわよね」

凜子は、台本にそんなようなことが書いてあるという素振りで、台本を捲りながら言った。

「分岐点ですか」メイクさんはブラシを器用に動かしながら、応えた。「前に聞いた話なんですけど。分岐点には悪魔がいるんですって」

「悪魔？」

「はい。Aに行こうか、Bに行こうか、Cに行こうか、それを迷っている人に対して、あえて間違った選択をさせるんだそうですよ、その悪魔は」

「間違った……？」

そのとき、ふと、海藤恵麻の顔が視界を過った。

五年前といえば、海藤恵麻を雇い入れた時期でもある。……そうだ、彼女が事務所にやってきてしばらくしてから、この番組の出演依頼が来たのだった。テレビのレギュラーは顔を売るチャンスだ。しかし、そのせいで本業が疎《おろそ》かになれば本末転倒だ。迷っていると、海藤恵麻が言った。

「出るべきですよ。先生の的確なアドバイスを視聴者は求めているんです。先生の言葉で救われる人も沢山いると思います」

思えば、この一言で、出演を決定した。いや、無論、出演したいと自身の心も傾いていたのだ。が、何か、一言が欲しかったのだ、背中を押してくれる、決定的な一言が。そんなタイミングで「救われる人も沢山いますよ」と、彼女は言った。凜子の決意が固まった瞬間だった。

「悪魔って、正しく美しい言葉を使って、人を惑わせるんですって」メイクさんは言った。

「地獄への道は、〝善意〟で舗装されている……という言葉もあるらしいですよ。つまり、善意とみせかけて、地獄に誘うんですって。怖いですよね。……悪魔って、もしかしたら、私たちの目から見たら、それこそ天使か神様のような〝正しく〟〝清らかな〟姿なのかもしれませんね」

凜子の視界に、海藤恵麻の顔がべったりと貼り付く。

一見、可愛《かわい》らしい子だ。三十前とは思えない幼く可憐《かれん》な雰囲気を持ち、しかしながらその仕事ぶりは誠実だ。気が利いて素直で明るくて、正直で。が、その皮を剝《む》くと……。

目の奥がきーんとなる。いつもの頭痛の前兆だ。

凜子は慌てて、バッグの中を探る。薬、いつもの薬……。

「先生の事務所で働いている海藤さん、お元気ですか？　なにか、トラブルでも？」

メイクさんが、唐突に、そんなことを訊く。

なんで？　と返そうとしたが、言葉にならない。

「あ、そういえば。〝ドモンクミコ〟さんは、どうしています？」

ドモン　クミコ？

「はい、ドモンクミコさんです。前に先生からご紹介いただいた――」

しかし、その瞬間、凜子の目の奥で、何かが破裂した。

視界が真っ赤に染まり、ついには真っ黒となった。

その暗闇の中から、ぽっかりと、海藤恵麻の白い顔が浮かんできた。

『先生。私、先生の秘密、知っているんです。……先生、あの日、病院に行きましたよね？

あの子がいる病院に』とでも言いたげな顔だ。

『だから、先生も、お仕置きが必要なんです』

お仕置き？

恵麻さん、あなた、私の薬になにかした？
ね、なにかしたんでしょう？
私、死ぬの？
ね、私、死ぬの？
恵麻さん、応えて、あなた、今、どこにいるの？

第八話　土門公美子の推理

1

（二〇一五年六月十五日月曜日）

土門公美子《どもんくみこ》が、とある女性誌の取材の前に、ヘアメイクをしてもらっているときだ。

「マツカワリンコさんのことなんですが……ご存知ですか？」

馴染みのメイクさん……アイダさんに訊かれて、

「え？」

と、公美子は思考が固まった。

マツカワリンコ、マツカワリンコ、マツカワ……。

「ああ、松川凜子さんね！」

しかし、その名前を認識してからは、怒濤《どとう》のように情報が頭の中を巡った。

松川凜子。蘭聖学園はじまって以来の秀才。東京大学を目指していたが結局は他の国立大に進み、関係者を大いに落胆させたらしいが、しかし、汚名返上とばかりに司法試験に挑戦、みごと合格した。現在、売れっ子弁護士。テレビ番組〝怒りの人生相談所〟のレギュラーコメンテーターでもある。蘭聖学園随一の出世頭という人もいるが……。

「松川凜子さん。もちろん、知っているわよ」公美子は、鏡の中のメイクさんに語りかけた。

「うちの母校では、有名人だもの。なにかトラブルに巻き込まれたら、松川さんに相談すること……なんていう掟《おきて》のような言い伝えがあるぐらいよ。事実、私のクラスメイトが殺害されたときも、松川さんが弁護を引き受けたって聞いたわ」

「柏木陽奈子さんの事件ですね」

「え？　知っているの？」

「ええ、まあ……」

鏡の中のアイダさんは、なにかばつの悪い表情で、意味ありげな笑みを浮かべている。しかしその手のチークブラシは休むことなく、公美子の頬をいったりきたりしている。

「実は、私、柏木さんを担当させてもらったことがあるんです」

「え?」

「亡くなるちょっと前のことでしょうか。陽奈子さんがテレビに出演されることがあって。そのときに」

「そうだったの?　……やだ、すごい偶然」公美子の肩に、自然と力が入る。「あなた、松川先生も、担当しているんでしょう?」

「はい」

「そして、私も……」

公美子は、鏡越しに、アイダさんの顔をまじまじと見た。

今までじっくりと見たことがない。メイクをしてもらうのはこれで五回目だが、その顔まで正確に認識はしていなかった。鏡の中では、いつでも自分自身に焦点が合っている。その焦点からはずれたものは、ぼんやりとした風景の一部でしかない。

そういえば、この人にメイクしてもらうきっかけってなんだったかしら。

……ああ、そうそう、「ＡＢＧテレビ日本シナリオコンクール」の授賞式のとき、テレビカメラも入るというから、ヘアメイクさんを頼んだのだった。

そう、自分で探したヘアメイクだ。

どうやって、探したんだっけ?

……ああ、そうそう。松川凜子先生に相談したんだった。

だって、「なにか困ったことがあったら、松川先生に相談すること」と、学生時代から刷り込まれている。でも、さすがに、ちょっとやそっとの困りごとで相談しようと思ったことはない。一世一代の大事件にぶち当たったときにこそ相談しようと、ずっと思っていた。そして、その一世一代の大事件がいよいよ起きてしまった。シナリオコンクールに入選したのだ。佳作だけれど、大賞は該当者なし。ということは、佳作を獲《と》った自分こそが大賞を獲ったようなものだ。「ＡＢＧテレビ日本シナリオコンクール」は、シナリオライターの登竜門、これを獲って売れっ子になった人は多い。というか、これを獲らずにシナリオライターとして活躍している人などいない。それほどの大きな賞なのだ。だから、マスコミの注目度も大きいし、受賞会見のときは、テレビカメラも入ると言う。そう、ワイドショーやニュースに流れるのだ。これを大事件といわずしてなにを事件というのか。

だから、松川先生に相談することには躊躇いはなかった。

松川先生は弁護士さんよ、お門違いじゃない？　なんて母親なんかは変な顔をして見せたが、松川先生は弁護士であると同時に、タレント業もしているマルチな人だ。テレビはもちろん、最近は女性誌での露出も多い。そのたびにチェックしているが、松川先生は、露出するたびに綺麗になっている。

こんなことを言っては失礼かもしれないが、松川先生自身は、どちらかというと、美人の類いではない。十人並み……または二十人並みの、どこにでもいる普通の中年女性だ。テレビに出始めた頃はそうだった。が、その回数を重ねるたびに、なんというか、……垢抜けてきたのだ。女優のような美人ではないけれど、都会のキャリアウーマンとはこうあるべし……というような、少なくとも、お茶の間の素人の羨望を集めるほどには、綺麗になった。

はじめは、整形でもしたか？　と思ったが、いや、違う。メイクだ。ヘアメイクが、抜群なのだ。きっと、腕のいい人をつけているに違いない。なら、私も……ということで、松川先生に連絡を入れたのが、二〇一四年の初めだったろうか。

しかし、当のメイクさんを初めて見たときは、少々落胆した。中肉中背の、どちらかというと地味な出《い》で立《た》ちの、これといった長所もない、簡単にいえば印象の薄い人だった。こんな人に任せて大丈夫なんだろうか？　猜疑心《さいぎしん》たっぷりの表情で、椅子に座ったものだ。

が、一時間後。公美子は思わず、黄色い声をあげた。

「うそぉ、これ、私？」

メイクもヘアも想像以上の素晴らしい出来上がりで、鏡の中の自分は、まるで女優か歌姫。あまりの輝きに、しばしうっとりとしたものだ。メイクさん自身はさっぱりオーラがないのに、さすがは、プロ。まさに、紺屋の白袴《しろばかま》というやつだ。

それ以来、このメイクさんに依頼している。この日で五回目。雑誌の取材が入ったので、急遽《きゅうきょ》お願いした。しかし、この日、彼女は意外なことを言った。

「柏木陽奈子さん、一度、担当させてもらったことがあるんですよ、私。一年前だったでしょうか。亡くなるちょっと前」

ああ、そういえば。陽奈子さんが亡くなる前、彼女、テレビのトークショーに出演していたっけ。……なるほど。あのとき、陽奈子さんがやたらと輝いていたのは、この人の御陰だったというわけね。なのに、私ったら、変に嫉妬しちゃったりして。……公美子は、顔を赤らめた。

「偶然にしても、できすぎてますけどね。なにしろ、蘭聖学園の出身者の方三名を、担当したなんて。どれだけ縁があるのかしら?」

メイクさんは、笑っているのか泣いているのか、はたまた困惑しているのかよく分からない歪《いびつ》な笑みを浮かべながら、続けた。

「でも、偶然じゃなくて、必然なんですけどね。陽奈子さんも、松川先生のご紹介だったんです」

「え?」

公美子の肩に、再び力が入る。

「テレビ出演が急に決まった後輩がいるから、手伝ってほしいって」

「松川先生が?」

「いえ、そのときは、スタッフの方から電話がありました。……えっと」

アイダさんの手が、しばし、止まった。

「え……っと。……ああ、そうそう、カイトウさん。カイトウエマさん」

「カイトウ……エマ?」

公美子の思考に、小さな付箋が立てられた。カイトウエマ。

「その人も、蘭聖学園出身者だということですよ」

「え?」

「八十九期生ですって」

うそ。私と同期じゃない。どこのクラスの子かしら。カイトウエマ、カイトウエマ、……。

え、もしかして、恵麻さん?

アイダさんの手が再び動き出した。チークブラシが軽快に頬を踊る。

「でも、松川先生は、本当にお気の毒なことでした」

「え?」

「ですから、松川先生ですよ。あんなことになるなんて」

「あんなこと?」

「ええ。……理由は分かりませんが、メイク中に突然、倒れて。病院に運ばれて一命はとりとめたようなんですが、……意識不明のままなんですって。先週のことですよ。……You know?」

2

（二〇一五年六月十六日火曜日）

「ああ、先生！」

公美子は、まるで母親の生還に立ち会った娘のように、その傍らに駆け寄った。

看護師の小さな咳払いが背後からする。が、公美子は構わず、続けた。

「先生、心配しました。意識不明って聞いたものだから」

松川凜子の視線が、呆気《あっけ》にとられている。「この人、誰？」という視線だ。

「私、土門公美子です。八十九期生です」

「ドモン……」

「いつだったか、ヘアメイクのことでご相談に乗ってもらった——」

「ああ」

松川凜子は、ここでようやく視線の緊張を緩めた。が、すぐに、「で？」というような冷たい眼差しを投げつけた。

「先生がご紹介してくれたメイクさんに聞いたんです。収録がはじまる前、メイク中に倒れられたって」

「ええ、まあ」松川凜子は、口ごもるように、言葉を吐き出した。

「松川さんは、まだ、本調子ではないんですよ」監視役のような看護師が、背後からそんなことを言う。「ですから、無理をさせないてください」

「あ、はい。分かりました。すぐに帰ります」

と、言ったものの、看護師の気配がなくなると、公美子は長居を宣言するかのように、ベッド横の丸椅子にどかっと腰を落した。

「先生、いったい、どうされたんですか？」

しかし、松川凜子は答えない。その表情は険しいようにも見えるし、惚けているようにも見える。

「そのメイクさんは、お薬の飲み過ぎだと言っていましたが」

松川凜子が、微かに反応した。

「私も頭痛持ちなんで、分かります。ついつい、多めに飲んでしまうんですよね、痛みが我慢できなくて」

しかし、松川凜子はまたもや心ここに在らず状態で、視線をどこか関係のないところに飛ばした。

「そうそう。恵麻さんが、先生のところで働いているって聞きましたよ」

〝恵麻〟という名前に、松川凜子の表情は明らかな反応を示した。

「海藤恵麻さん。よく覚えてますよ。高等部からの外部入試組で、しかも一年生の夏休み前に転校してしまったから、お付き合いはほとんどないんですが。でも、学業発表会の劇のシナリオを書いてくれたんです。だから、記憶に残っているんです」

そう、忘れもしない。本当は、私が書くはずだったシナリオ。でも、恵麻さんがその大役を横からさらったのだ。あまりに悔しくて、約一週間、登校拒否をしたほどだ。

「六月三十一日の同窓会？」

松川凜子の口から、ようやくはっきりとした言葉が飛び出した。

「はい、そうです。ご存知ですか？」

「もちろんよ」松川凜子は上体を起こしながら、言った。「あなたは？　あなたは、その劇で、なにをやったの？」

「は？　……私は、裏方ですけど——」

「裏方？　なら、あなたは、舞台には立ってないのね」

それから、松川凜子は人が変わったように、言葉を羅列していった。まるでここは法廷だとばかりに熱弁を振るう松川凜子を前にして、今度は公美子が、惚けた表情で途方に暮れる番だった。

いてみせた。

そして、松川凜子は、裁判官に証拠を差し出すように、「これを見て」と、枕元の手帳を開いてみせた。

そこには、ずらずらと、見たことがある名前が記されている。

【柏木陽奈子】【大崎多香美】【猪口《いのぐち》寧々】【福井結衣子】

「え？　つまり、『六月三十一日の同窓会』のシナリオ通りに、人が死んでいるというんですか？」

公美子は、興奮気味に声を上げた。

「確かに、妙だとは思ったんです。元クラスメイトの訃報が次々と届いて。多香美さん、陽奈子さん、そして結衣子さん。……ああ、それと、寧々さんも。でも、寧々さんは、自殺だって聞いたけれど。……結衣子さんは、心不全だって」

「でも、大崎多香美さんに関しては、いまだ〝不審死〟扱い。それが事故なのか自殺なのか、殺人なのかもはっきりしていない」

松川凜子の言葉に、公美子はかぶさるように言った。

「殺人？　多香美さんは、誰かに殺されたっていうんですか？」

「だから、それは分からないけれど」

「殺人……六月三十一日の同窓会……」そこまで考えたときに、公美子の唇からふと、その名前が飛び出した。「恵麻さん？　まさか、恵麻さんが？　……シナリオを書いた恵麻さんが？」

「だから、それも分からない」

「恵麻さんは、今、どうしているんですか？」

「分からない。……いなくなってしまったのよ」

「どういうことですか？」

「何度も言わせないで。……いなくなったのよ！」松川凜子が荒々しく、前髪をかきあげた。こうやって見ると、普通の中年女性だ。その生え際には白いものが沢山見える。やっぱり、垢抜けて見えたのは、あのメイクさんのお陰だったんだ。

「ごめんなさい、……恥ずかしいわ」松川凜子は、入院着の襟を正しながら、言った。「ところで、あなたには、来た？〝六月三十一日の同窓会〟の案内」

「え？」公美子は、一瞬、躊躇った。が、ここで下手に誤魔化しても仕方がない。だから、正直に言った。「……ああ、なんか、来てましたっけ。でも、悪戯ですよ。だって、あれ、しょっちゅう、送られてくるんです」

「あら？　そうなの？」

「はい。私なんて、在学中から数えると、十通以上はもらってますよ」

「そんなに！」

「……自分で言うのもなんですが、私、嫌われているんですよ、色んな人に」公美子は、自虐的に笑った。「ウザがられているんです。だから、すぐに、標的にされてしまうんです、悪戯の」

「悪戯？」

「はい。〝六月三十一日の同窓会〟の案内状は、ただの悪戯なんです。たぶん、クラスメイトの誰かの悪戯。または、先輩の嫌がらせ。不幸の手紙っていうんですか？　またはチェーンメールみたいなもので、誰かからそれをもらったら、他の三人に同じ文面のものを送る……というのが定番のルールなんですけれど。止めたら、お仕置きをされる……という触れ込みなんです。みんな、馬鹿馬鹿しいと思いながらも、やっぱり〝お仕置き〟が恐いんで、他の人に送っちゃうんですよね。誰でも、多かれ少なかれ、お仕置きされるような覚えがあるもんじゃないですか」

「ちょっと待って。じゃ、あの案内状は、特定の人にだけ届くっていうものじゃないのね？　チェーンメールのように、不特定多数の人のリレーなのね」松川凜子の目が、ギラギラと輝く。

「不特定多数っていっても、もちろん、あくまで蘭聖学園の関係者がターゲットですけれど」

「でもね。私のところに、何人かが相談に来たのよ。同窓会の案内状が来たから、お仕置きされるかもしれないって。チェーンメールのようなものだったら、自分のところで止めない限り、そんな不安はないわけよね？」

「……ああ、たぶん、それは、口実だと思います」公美子は、松川凜子の動揺を、どこか楽しみながら、言った。

「口実？」

「たぶん、ですけど。……お仕置きされるようなことをしているっていう自覚があって、でも、それをそのまま松川先生に相談するのはなにか気が引けて、それで、案内状のことを口実にしたんだと思います。……実は、私も、去年、案内状が来たときは、松川先生にご相談しようかと思ったんですよ。だって、いつものやつとは様子が違うんで。……だって、場所がホテルニューヘブンなんていうのは、はじめて見ました。でも、よくよく考えたら、それもやっぱり、ただの悪戯だと思うんですよね。……こんなことは考えたくないけれど、元クラスメイトの誰かが、そんな悪戯をしているんじゃないかと。みんなが右往左往している姿を想像して、陰でニヤニヤしているんですよ、きっと」

「だとしたら、ほんと、許されない悪質な悪戯ね。小林友紀なんか、陽奈子さんに届けられたその案内状を見て、犯行に至ったんだから」

「小林……、ああ、陽奈子さんを殺害した人ですね。でも、そんな案内状が届けられたからって、あんなひどいこと、するかしら？　やっぱり、正常な人じゃないんだと思います。実は、私、初公判の冒頭陳述のときに裁判を傍聴したんですが、……明らかに、なにか変でしたよね。精神鑑定が必要な人のように思いました。そしたら、案の定、中等部からの外部――」

「いずれにしても、あんな案内状が届けられなかったら、陽奈子さんはあんな目に遭わなかったのよ。そうしたら、私だって――」言いながら、松川凜子は乱暴に手帳を捲った。「ちなみに、〝六月三十一日の同窓会〟の案内状が届いたって私に相談に来た人は、鈴木咲穂さん、福井結衣子さん、そして矢板雪乃さん。……この中で、亡くなっているのは福井結衣子さんだけで、あとの二人は今のところ、無事のようね」

「雪乃さん？　雪乃さんも相談に――」

しかし、公美子の質問は宙に浮いたまま、松川凜子は、さらに手帳を捲りながら、呼吸を荒らげながら言った。

「そうよ、鈴木咲穂さん。この人が相談にきてから、次々と、不幸が起きたのよ。鈴木咲穂さんがうちの事務所に来た翌日に、大崎多香美さんが、その翌日に柏木陽奈子さんが、そして……」

しかし、松川凜子はそこで手帳をぱたりと閉じ、公美子に挑むように言った。

「ね、『六月三十一日の同窓会』の配役って、どうやって決めたの？」

「どうやってって。……実は、私、配役を決めるとき、学校を休んでいたんです、一週間程。で、久し振りに学校に登校したら、もうすべてが決まっていて。私は裏方。いやんなっちゃいます。だって、大道具――」

あのときのことを思い出すと、今も腸《はらわた》が煮え繰り返る思いだ。しかし、松川凜子は、そんな感傷には興味がないとばかりに、話を繋いだ。

「そのときのシナリオ、あなた、まだ持っている？」

まさか！　あんなの、上演が終わったら、すぐに処分したわよ。あんな忌々しいシナリオ！

……しかし、もちろん、そんな風には言わなかった。

「どうでしょうか。実家に帰ればあるかもしれません。……それとも親が処分してしまったかも」

「聞いた話だと、役は、アルファベットでA子からQ子までいて、A子は多香美さん、B子は陽奈子さん、C子は寧々さん、D子は結衣子さん……だったとか」

「さあ……よく覚えていませんが」

多香美さん、陽奈子さん、寧々さん、結衣子さん……。え、それって。公美子は、再び、声を上げた。

「それ、まさに、亡くなった順番じゃないですか！」

「うん、そう」松川凜子が、歪んだ表情で、ゆっくりと頷いた。「恵麻さんが書いたシナリオ通りの順番で、人が死んでいるのよ」

「先生は、やっぱり、……恵麻さんが、関与しているとお考えで？」

「これは、私の推測なんだけど。……恵麻さん、彼女たちになんらかの遺恨を持っていて、それで」

「遺恨？」

「恵麻さん、蘭聖学園にいたとき、イジメられていたとか？」

「イジメ？　いえ、そんなことはなかったと思います」

「でも、恵麻さん、高等部からの編入組でしょう？　知らず知らずのうちに、仲間はずれにされたとか？」

「そんなこと言われても……。結果的に恵麻さんが仲間はずれにされたと思ったとしても、私たちのほうはそんな意識はまったくありませんでしたよ？　むしろ、積極的に気にかけて、話しかけていたほどです」

「それが、恵麻さんには苦痛だったんでは？」

「だとしたら、被害妄想もいいところですよ。断言しますが、イジメはありませんでした、絶対。というか、あちらのほうが、私たちを無視していましたから」

「どういうこと？」

「同じく、高等部からの編入組の子がもうひとりいたんですけど、その子とばかりつるんで。二人の世界を築いていたんです。私たちに入り込める隙などありませんでした。いつでも一緒。学校にいるときも、お休みのときも。……ゴールデンウィークのときなんか、二人で事件まで起こして」

「どんな事件？」

「二人で、池袋に行ったんです。で、ナンパ通りというところで、補導されて。結構な騒動になりましたよ。だって、そのときのことがきっかけで――」

「どうしたんですか?」

「噂ですけど。……妊娠してしまったらしいんです」

「恵麻さんが?」

「はい。恵麻さん、夏休みがはじまる前に転校してしまったのは、たぶん、それが原因なんです」

「それ、本当のことなの?」

「え?」

「妊娠というのは、事実なの?」

「だって。ゴールデンウィーク過ぎた頃から、あの子、急に食欲旺盛になって。授業中でも何か食べているんですよ? もう、異常です。それに、成績も信じられないぐらい落ちて……」

「それだけで、妊娠? それはただの憶測ではないの? 確かな証拠はあるの?」

「いいえ、私も、聞いたことなんで、よくは分からないんですが……」

「それ、ただのデマだったんじゃないの? 妊娠なんていうデマを流されて、それで、学校に居づらくなって、転校してしまったんじゃ?」

松川凜子の顔が、検察官に喧嘩を売る弁護士になっている。公美子は、椅子ごと、後ろに身を引いた。それを追いかけるように、松川凜子は言った。

「もしかしたら、それが〝遺恨〟かもしれないわね、恵麻さんの」

「じゃ、恵麻さん、私たちのクラス全員に〝遺恨〟を抱いていると？」

「あるいは」

「じゃ、『六月三十一日の同窓会』を書いたのも、私たちに復讐するため？」

「あるいは。……彼女、中学校のときも、同じような事件を起こしているのよ。クラスメイトや教師を罰していくシナリオを書いていたのよ。実際、そのシナリオ通りの方法で、二名の犠牲者が出たわ。……ご存知だった？」

「……ええ、まあ、そんな噂を聞いたことはあります。……だからこそ、私たち、あの子のことを気遣っていたんです。なるべく、特別扱いしないように、自然と打ち解けるように、努力しました。……だからこそ、私たちはあのシナリオも採用したんです。担任は難色を示していましたが、あの劇をきっかけに、あの子の闇が少しでも晴れてくれればって。……あ、ちょっと待ってください」

公美子は、ここで、上昇した血圧を抑えるように、小さく深呼吸した。そして、ゆっくりと瞼を閉じた。瞼の奥から、委員長……多香美さんの姿が浮かび上がってくる。その姿は、蘭聖学園高等部の夏服だ。白いブラウスが眩《まぶ》しい。お下げ髪を揺らしながら、多香美は囁いた。

『ね、知ってる？　恵麻さんね、妊娠してしまったらしいの』

『え？　嘘でしょう？　信じられない』

『私も信じたくないわよ。でも、彼女、最近、なんだか太ったと思わない？』

『そうかな？　……じゃ、相手は誰？』

『それがね、前に池袋で補導されたときに、ナンパしてきた中年男性だって噂よ』

『なにそれ。じゃ、通りすがりの人と？　……それって、もしかして、エンコウ？』

『そう、援助交際』

『恵麻さん、そんなにお金、困っていたのかしら』

『そうなんじゃないかしら。なにしろ、母子家庭ですものね。……それに、お母様はポルノ……、いずれにしても御気の毒なお話よ』

『もし、本当に妊娠していたとしたら、学業発表会の劇、どうするの？』

『ほんと、どうなるのかしらね、このシナリオ』

そして、『六月三十一日の同窓会』と書かれたシナリオが、公美子の瞼の中で大写しになった。

「違います」

公美子は、瞼を開けると、言った。

「妊娠の噂が立ったときには、もうシナリオは出来上がっていました」

そうだ。私が多香美さんからあの噂を聞いたのは、一週間の登校拒否を終えて、いやいや登校した日の朝だ。

「だから、〝遺恨〟が理由で、シナリオが書かれた訳ではないと思います」

「それは、確か？」松川凜子が、弁護士の表情で聞いた。

「はい。間違いありません。だから、恵麻さんの〝遺恨〟と、あのシナリオは無関係だと思います」

「そう……」

松川凜子は、ぐったりと、上体を枕に預けた。

「だとしたら、なんで？　なんで、恵麻さんのシナリオ通りに、人が死んでいるの？」そして、手帳の書き込みを睨むように眺めた。「なんで、鈴木咲穂さんが相談しにきた翌日から、人が死んでいるの？」

だから、それは、ただの偶然ですよ。公美子は思ったが、それを言葉にする前に、唇を嚙みしめた。

一方、松川凜子の疑念はますます深まっていくようだった。眉間に深いシワを刻むと、言った。

「……やっぱり、どう考えても、キーマンは、恵麻さんなんじゃないかしら？　恵麻さんが、すべての事件に関与しているんでは？」

「……そうでしょうか？」

「でなきゃ、いなくなるはず、ないわよ」

「……まあ、確かに」

「危険ね。……このまま放置していたら、こちらがやられる。現に、私が今ここにいるのも、あの子のせいかもしれない。……ううん、あの子の仕業よ、私の薬になにかしたのよ。……このままでは、私、またなにかされる。その前に、なんとかしなくては。……ね、恵麻さんの情報を摑んだら、必ず、連絡ちょうだい」

「あ、はい、分かりました」公美子は、半ば強制的にそう返事をさせられた。そして、その流れで、こんなことも言うハメになった。「……あ、そうだ。もしかしたら、多香美さんの一周忌の法要に、顔を出すかもしれません、恵麻さん」

「え？」

「それか、陽奈子さんの一周忌。どちらも、来週なんです」

3

（二〇一五年六月二十三日火曜日）

「やっぱり？　やっぱり、あなたのところにも、〝六月三十一日の同窓会〟の案内状、届いたのね？　場所はホテルニューヘブン？」

『そうよ、ホテルニューヘブン。今までにないパターンだったから、あれ？　とは思ったけど。ちょっと薄気味悪かったから、そのまま他の人に送っちゃった』

「転送したんだ」

『うん、まあね。さすがに、いい歳して……とは思ったけど、ほら、私、子供もいるし、子供になにかあったらいやだな……と思って、いつものように、三人に転送した。……で、それが、どうしたの？』

「ううん、なんでもない。……じゃ、明日ね。明日の法要で会いましょう」

公美子は、瑠璃市の実家に戻っていた。本田多香美の一周忌の法要に参加するためだ。家に到着するなり、同窓会名簿を引っ張りだすと、元クラスメイトに片っ端から電話をしていった。つながったのは、二十七人中、十一人だけだった。どれも地元組かまたは地元に実家がある人で、なにかしら〝瑠璃市〟につながりがある人だ。

「こんなものかしら」

公美子は、ひとり、冷たい溜め息を吐き出した。三年間一緒だったのに、ずっと友達でいようねって誓い合ったのに、卒業してしまえば、それで縁が切れてしまう。

「そうよ、こんなものよ」

公美子は、名簿を閉じた。

それでも、成果はあった。電話がつながった十一人全員に、〝六月三十一日の同窓会〟の案内状が届いている。届いた日にはばらつきがあるけれど、どれも、この一年以内に届いている。しかも、すべて、場所はホテルニューヘブン。転送した人もいれば、しない人もいた。おもしろいことに、転送した人は、全員、子供がいる人だ。子供という弱点があるものは、脆《もろ》い。自分が転送しないことで、子供が〝お仕置き〟されたらどうしよう……と考えるようだ。

いずれにしても、あの案内状のターゲットは、やっぱり不特定多数なのだ。松川先生が言っていたようなことにはならないと断言できる。そう、それが届いたからといって、〝お仕置き〟されることはない。ましてや、死に至ることも。

そう、これは、愉快犯による、悪戯なのだ。いつもと違う案内状が届いて慌てふためく元クラスメイトの様子を、なにかの娯楽のように楽しむ。そんな心底性格の悪い者が考えついた悪戯なのだ。

そんなことを思い付くやつなんて、あいつしかいない。

たぶん、あいつは、まずはターゲットの数人にだけ案内状を送ったのだろう。それがねずみ算式に次々と転送されて、今年、私のところにもやってきたのだ。

そう、そういうことなのだ。だから、多香美さんと陽奈子さんと寧々さんと結衣子さんの死は、まったく関係ないのだ。ただの、偶然なのだ。

いや、あいつのことだ。犠牲者が出ることも計算のうちだったのかもしれない。

だとすると、あいつこそ、正真正銘の悪党だ。

公美子の腋に、冷や汗がじんわりと滲む。

自分も、犠牲者の一人になっていたかもしれないと考えると、次々と汗が流れてくる。

公美子は、冷蔵庫に駆け寄ると、冷たいビールを一缶、あけた。

さてさて。あいつのことは一旦棚上げにして、明日の準備をしなくちゃ……と、喪服の準備をしていると、

「あ」

という母親の声が、隣のリビングから聞こえた。

と、同時に、固定電話のベルが鳴った。

電話の子機は、今、公美子がいる和室の棚にもある。それをとろうとしたが、それよりも早く、母が電話の親機をとったようだ。

珍しいこともあるもんだ。どんなときも、我先にというような行動をするような人ではないのに。それが電話だったとしても、少なくともベルが五回鳴らないうちは、受話器をとることはない。「うちは分家なんだから、どんなときでもまずは、〝待て〟よ。とにかく、目立ってはダメなんだからね。ガツガツしているように見えちゃダメなんだからね。二番手、三番手として、うしろで静かに控えているのが、私たちの〝分〟なんだからね。だから、なにごとも、〝待て〟よ」それが母の口癖だが、だからといって、自宅の電話まで〝待て〟の姿勢はどうな

んだろうか。かえって、失礼にあたるんじゃないか？　と、小さい頃から疑問を感じていた公美子が、いつのまにか、真っ先に電話をとる役目になっていた。が、今回は、その役目を果たす間もなく、二回目のベルが鳴るや否や、母親が受話器をとった。

その慌てようが気になり、襖《ふすま》の隙間から、そっとリビングを覗き込んでみた。

テレビがついていた。ニュース番組が流れている。夕方六時に流れる、公共放送のニュースだ。

しかし、流れているのは、どこかの動物園のサルが三つ子を生んだとか、そんな話題だ。サイドボードに視線を移すと、母親が、なにやら腰を低くしながら電話をしている。これも母親の癖だ。それが勧誘の電話だったとしても、母はいつでもあんな感じで謙《へりくだ》っている。

「ええ。私も、今、見たわ、ニュース」

その口調から、相手は、母と同等の立場の人だろう。……もしかして、元同級生だろうか。母もまた、蘭聖学園のOBだ。六十二期生だと聞いている。

「……ノリコさんは、この件について、どう思う？」

〝ノリコさん〟ということは、やはり、母の同期生だ。坂谷法子《さかたにのりこ》。蘭聖学園の非常勤講師だったこともあり、公美子も華道を教わったことがある。今は非常勤講師はやめているが、蘭聖学園の同窓会事務局の幹事の一人だと聞いている。ちなみに母は、同窓会事務局の事務を手伝っている。

「……そうよね、これは、もう、捨て置けないわね、早速、会合を――」

「会合って？」

と、公美子はつい、言葉をかけてしまった。母親が、バツの悪そうな表情で、こちらを振り返った。そして、「また、あとでかけるわ」と、受話器を置いた。

母が、苦笑いで、なにか言葉を探している。そして、テレビのリモコンをこれ見よがしにつかみ取ると、

「さっきね、ニュースでやっていたんだけど。他でもやってないかしら――」

と言いながら、リモコンをテレビのほうに向けた。と、同時に、次々とチャンネルが変わり、女子アナウンサーが映ったところで、ようやく母はリモコンを所定の位置に戻した。


――去年の六月、神奈川県鎌倉市の民家で当時二十八歳の主婦がフッ化水素酸に触れて死亡した事件で、県警は、三十九歳の男を殺人の疑いで逮捕しました。逮捕されたのは、大崎芳重《よししげ》容疑者で、県警によりますと、去年六月、自宅で寝ていた大崎多香美さん（当時二十八歳）の手にフッ化水素酸を塗り付け殺害したとして、殺人の疑いが持たれています。

大崎容疑者は大崎多香美さんの夫で、調べに対し、容疑を認めたうえで、「日頃から多香美さんに見下され、うっぷんがたまっていた。当日も金のことで詰られ、腹が立った。深夜、フッ化水素酸を持って部屋に侵入し、手に付着させた」などと供述しているということです。県

警は、フッ化水素酸の入手経路について、捜査中です。

「明日の一周忌を前に、ようやく逮捕されたわね。これで、多香美さんも、成仏すると思うわ」

母は、再びリモコンを握りしめると、ぴっとボタンを押した。女子アナウンサーは一瞬にして消え、映し出されたのは、母のお気に入りのバラエティー番組。

「本当に、やれやれよ」

母は、その言葉通りに、はぁと力を抜きながら、ソファに身を投げた。

「今だからいうけど、公美子、あんた、疑われていたんだからね」

「え?」

公美子の背中に、冷たいものが走る。

「私が……疑われていた?」

「そうよ。うちにも、警察の人がきたんだから。刑事さんって、本当に二人連れで行動するのね。ドラマのまんまで、ちょっと、笑っちゃった」

娘が疑われているというのに、笑っちゃうなんて。……この人らしい。母は、一事が万事、そうだ。他人事なのだ。

「でも、なんで、私が?」

「よく分からないけれど、多香美さんの交友関係にある人に片っ端から話を聞いていたみたい」

なんだ。それ、ただの聞き込みじゃない！　公美子も、空気が抜けたように、へなへなとソファに体を沈めた。

「そりゃ、事件の何日か前に、多香美さんに電話はしたけれど」

公美子が言うと、

「そうなのよ。警察も、それを気にしていたの。電話の通話記録に、公美子の電話番号があるって。……なにを話したの？」

「覚えてない。たぶん、いつもの、他愛のないおしゃべりよ」

「そうだと思った。だから、私もそう言っておいたわ。警察の人も、それ以上は訊いてこなかった。その代わりに。……これ、言っちゃっていいのかしら。まあ、いいわよね、もう、事件は解決したんだから」母は、もったいつけるように、独り言をしばらくは続けたが、「あのね。警察の人が、本当に疑っていたのは、咲穂さんなのよ」

「え？　咲穂？　……鈴木咲穂さん？」

「そう、あなたのクラスメイトの、咲穂さん。なんでも、事件当日、咲穂さん、多香美さんの家にお邪魔したみたいで。そのときに、フッ化水素酸をどこかに塗ったんじゃないかって、疑っていたの。だって、咲穂さんのところ、歯医者さんでしょう？　フッ化水素酸も入手できる環境じゃない。それで」

確かに、咲穂さんなら、入手も簡単だ。

「まあ、いずれにしても、事件は解決したんだから、これで、めでたし、めでたしよ」

母は、一本締めでもするように、パンと手を叩くと、勢いをつけてソファから立ち上がった。

「さあ、今夜は、何食べたい？　公美子の好きなものを作るわよ」

しかし、公美子の耳には、母の明るい声は届いていなかった。

「そうよね、咲穂さんなら、入手できるわよね……」

4

（二〇一五年六月二十四日水曜日）


大崎多香美の法要を終え、八十九期生だけで輪になっていたときだった。

「多香美さんを殺害した犯人、逮捕されたわね。一周忌の前日に逮捕だなんて。多香美さんの導きかしらね」

公美子は、鈴木咲穂を捕まえると、少々声を抑えながら、それでもどこか芝居がかった調子で、言ってみた。

しかし、

「でも、これで解決したってわけではないわ」

と、鈴木咲穂は、いつもの訳知り顔で、返してきた。そして、数珠《じゅず》をバッグに忍ばせると、その代わりにスマートフォンを取り出した。

「どういうこと？」

いつのまにやってきたのか、そう質問したのは、〝おひぃさま〟こと、矢板雪乃。

「だから、恵麻さんが亡くなったみたいよ。今、ニュースで流れてきた」

と、鈴木咲穂は、スマートフォンのディスプレイを、公美子と矢板雪乃のほうに差し出した。

――死亡した女性は、中野《なかの》区に住む海藤恵麻さん二十九歳。二十三日午後七時頃、鎌倉駅構内のホームから線路に転落、死亡しました。海藤恵麻さんは、友人の法要に向かうため、帰省していたということです。警察は、事故と自殺の両方から調べています。

「やだ、嘘でしょう？」「信じられない」

公美子と矢板雪乃の表情が、一瞬にして凍り付いた。特に、矢板雪乃のその体は、病的なほど、震えている。

大崎多香美の事件が解決してほっとしていたところに、また新たな死人？

「やっぱり、私たち、殺されるんだわ」矢板雪乃が、胸に手を当てながら、呻くように言った。

「あのシナリオ通りに、殺されるんだわ」

＋

それから、鈴木咲穂、矢板雪乃、そして公美子の三人は、駅前のカフェに移動した。

それぞれ注文が済むと、まずは矢板雪乃が、「言霊《ことだま》って、あるんだわ」と、青ざめた顔で、告白をはじめた。

「先月のことよ。松川凜子先生が、私を訪ねて来たの。松川先生、もちろん、みなさん、ご存知よね？　蘭聖学園はじまって以来の有名人。なにか困ったことがあったら、松川先生に相談しなさい……って、私たちはずっと教えられてきたわ。だから、私にとっては、憧れの人だったのよ。〝怒りの人生相談所〟ももちろん、毎週見ているわ。先生がお出になっている雑誌も欠かさずチェックしている。先生の画像をパソコンの壁紙にしているほどよ」

「雪乃さん、昔から、そういうところあったわよね」鈴木咲穂が呆れたように言う。「いわゆる、Ｓ体質《シスター》。まだ、なおってないのね」

「…………」

矢板雪乃がむくれたように口を閉ざしたので、公美子は慌てて、隣に座る鈴木咲穂を肘でつついた。

「咲穂さんのことは気にしないで。この人も、昔から、ちっとも変わってないんだから。ほんと、相変わらずの、空気が読めない〝コメンテーター〟」

矢板雪乃の唇が、ふいに綻ぶ。そしてそれは笑いに変わり、ひとしきり笑うと、彼女は話を続けた。

「それで、松川先生に色々と訊かれて、つい、『恵麻さんが書いたシナリオ通りに人が死んでいる』って言ってしまったの」

「やっぱり！」そう声を上げたのは公美子。「松川先生にそんなことを言われて、あれ？　そうだっけ？　と思ったのよ。……それにしても、なんで、そんな出鱈目を？」

「松川先生のお役に立ちたかったのよ。……だって、罪滅ぼしをしたかったものだから」

「罪滅ぼし？」

「私ね、〝六月二十一日の同窓会〟の案内状が送られてきたとき、転送する当てがなくて、つい、松川先生に送ってしまったの」

「あれを、松川先生に転送したの？」

「だって。……どうしたらいいか分かんなくて、つい」

「憧れの人に出す？　フツー？」

「だから、その罪滅ぼしに、どうしても、松川先生のお役に立ちたかったの」

「嘘を言ったら、役に立つどころか、かえって混乱させるだけじゃない」

「でも、松川先生、なんだか、恵麻さんが書いたシナリオをとても気にしてらしたから。なにか因縁があるようなことを証言したら、喜ぶかな……って、つい」

「いわゆる〝同調現象〟ね」そんなことを言い出したのは、〝コメンテーター〟こと、鈴木咲穂。「相手によく思われたいという一心で、その相手が望むような答えを捏造《ねつぞう》してまで証言してしまうこと。相手が権威ある人だと、ますますその傾向は強くなるわ。例えば警察、例えば弁護士。特に警察官の誘導尋問では、同調現象が出やすいのよ。それで、ありもしない目撃証言とかしてしまって、冤罪《えんざい》を生むのよね。ほんと、最悪」

「私、そんな悪いことしたかしら？」矢板雪乃の反論に、

「ええ、したわよ。少なくとも、こうやって、『恵麻さんが書いたシナリオ』というのが、都市伝説のごとく、一人歩きしちゃっているじゃない」

「でも、実際、あのシナリオに近いことが起きているじゃない」

「ええ、そうね。しかも、雪乃さんが、『シナリオ通りに人が死んでいる』なんて言ってしまったものだから、本当にその通りになっているわ」

「だから、これは、きっと、言霊なのよ。私があんなことを言ったから――」

「あんた、昔から、そう。そうやって、ちょっとオカルト的なことを言っては、人の注目を集

めようとして。なにが、言霊よ。少なくとも、あんたには、そんな特別な力はないから」

「なによ！」

「でも、死ぬ順番はシナリオと違うでしょう？」矢板雪乃と鈴木咲穂の間が険悪になりつつあったので、公美子が割って入った。

「まあ、そうね。それは、私が適当に言った出鱈目だけど」矢板雪乃が、半ばむくれ気味に、紅茶をすする。

「それに、恵麻さんのシナリオを気にかけていたのは、松川先生のほうでしょう？　だったら、咲穂さんが言う通り、雪乃さんは松川先生に同調しただけだから、雪乃さんは悪くないと思うわ」

「ほんとう？　私、悪くない？」矢板雪乃がすがるように視線を飛ばしてきたので、公美子はそれをやんわりと跳ね返しながら言った。

「私が思うに、あのシナリオは無関係だと思うのよ。あのシナリオでは、黒尽《くろず》くめの老婆が連続殺人鬼だったけれど、実際には多香美さんを殺害した人は逮捕されてしまったし、その犯人は多香美さんの旦那で、他の人の死とは関係ないわ。それに、恵麻さん。あの子は、劇の本番前に転校してしまったから、舞台には立っていない。なのに、死んだってことは、やっぱり、シナリオとは無関係なのよ。……そう、これは、ただの偶然なのよ」

「ただの偶然で、同じクラスだった人が、一年のうちに、五人も亡くなるかしら？」

矢板雪乃が、指を折りはじめた。

「多香美さんでしょう？　陽奈子さんでしょう？　寧々さんでしょう？　結衣子さんでしょう？　そして、恵麻さん。まさに、連続不審死事件よ」

「多香美さんを殺害した人は逮捕されたし、陽奈子さんだって、小林って人が犯人で、今、刑に服しているわ。そして寧々さんは自殺で、結衣子さんは心不全」公美子も指を折りはじめた。

「今のところ、まだ原因がはっきりしていないのは、恵麻さんだけよ」

「やっぱり、言霊なのかも」

鈴木咲穂が、呻くように言った。

「なによ、さっきはあんなに否定したくせに」矢板雪乃は突っ込んだが、それをひょいとかわして、鈴木咲穂は続けた。

「だから、これは、暗示なのよ」

「暗示？」「暗示って？」公美子と矢板雪乃の声が重なる。

鈴木咲穂は、いつもの訳知り顔で、本当にどこぞのコメンテーターのように、得意げに語りはじめた。

「そう、暗示。つまりね、〝六月三十一日の同窓会〟の案内状が送られてきたことによって、ある種の心当たりのある人……お仕置きされるような自覚がある人は、まんまと暗示にかかってしまったってことなのよ。『殺される』と。その暗示をますます強くしたのが、多香美さんの死。多香美さんはフッ化水素酸で死んだ。そのニュースによって、暗示はこれ以上ないというほど、強く作用したんだと思う。死に至る道を自分自身で歩んでしまう程に」

「自分自身で歩む？」公美子は身を乗り出した。

「そう。人って、『こうなったらいやだな』という方向に、どういうわけか進んでしまうことあるでしょう？　そうね……、たとえば、ゴルフ。『あっちの方向に飛ばしたらバンカーだ』と悪いイメージをしたとたん、その方向に飛ばしてしまうってこと、よくあるでしょう？　筋肉が知らず知らずのうちに、悪いイメージの方向に飛ばしてしまうように動くからよ。それと同じようなことが、今回も起こったんじゃないかしら」

「なるほどね。結衣子さんと寧々さんの死は、それで説明がつくかもしれないわ」矢板雪乃が、コメンテーターのコメントに応えるＭＣのように、うんうんと頷いた。

「結衣子さんは、悪徳商法に手を染めていたんでしょう？　自分がしていることは犯罪でいろんな人を苦しめているということを薄々自覚していて、その罪悪感でノイローゼ気味になったんだと思う。そんなときに、〝六月三十一日の同窓会〟の案内状が来て、とどめのスイッチが押されたのよ」

「そういえば、聞いたことがある」公美子は、つい、口をはさんだ。「ストレスが引き金になって急性心不全が起こることがよくあるんですって。……確か、結衣子さんのお父様も、ストレスが原因の心不全で亡くなっているはずよ。……奥さん、つまり結衣子さんのお母様と折り合いが悪くて、ずっとストレスを感じていたらしいって、母から聞いたことがあるわ」

「それ、私も聞いたことあるわ」声を潜めながら、矢板雪乃。「結衣子さんのお母様、……日常的に旦那さんを罵っていたらしいわね。穀潰しだの、人間のクズだの。それで、旦那さんは鬱病みたくなって、とうとう亡くなってしまったって。……結衣子さんもきっと、お母様にいろいろ言われたんだと思う。日常的なストレスに加え、悪徳商法に手を染めてしまった強力な罪悪感。とどめが、あの案内状。それが、結衣子さんの心臓の爆弾スイッチを押したんだわ」

「なるほどね……」公美子は、深く頷いた。「結衣子さんがやっていたことは確かに悪いことだけど、でも、ある意味、被害者でもあるかもしれないわね。考えようによっちゃ、お母様に殺されたような……」ここまで言って、公美子ははっと口を噤んだ。そして、話をすり替えた。

「じゃ、寧々さんは？　寧々さんの死は、どう説明するの？」

公美子の問いに答えたのは、鈴木咲穂だった。

「寧々さんは、必要以上に責任感が強い人だったじゃない？　自分がやったわけでもないのに、なにか問題が起きる度に、まるで自分がそれを引き起こした主犯者のように責任を感じるようなところがあった」

「あった、あった」「そうそう」同時に頷く、公美子と矢板雪乃。

「学業発表会の出し物がなかなか決まらなかったときも、寧々さん、自分が悪いんだって、泣き出したことあったじゃない？」

「あった、あった」「そうそう」

「とにかく、病的に責任感が強い人だったじゃない。だから、今回も、借金を返済できないことに、かなりの責任を感じていたんだと思う。そんなときに、〝六月三十一日の同窓会〟の案内状が届いたんじゃないかしら。それで、寧々さんのスイッチが入っちゃって、本来は結衣子さんが悪いのに、結衣子さんの罪まで背負う形で、……自殺したんじゃないかしら？」

「要するに、暗示ってやつ？」公美子が言うと、

「そう、これこそが、暗示」と、鈴木咲穂はふんぞり返るように、腕を組んだ。

「リトマス紙……とも言えるわね」矢板雪乃も、腕を組んだ。「そうよ、あの案内状は、リトマス紙でもあるのよ。悪人をあぶり出す、リトマス紙」

「つまり、あの案内状が届いても平気だった私たちは、……善人というわけ？」公美子は、自虐気味に言った。「善人というより、単純に図太いってだけなんじゃない？　あるいは鈍感。だって、人間、どこかしら、後ろ暗いものじゃない？　ね、違う？」

「っていうか、……陽奈子さんは？」矢板雪乃は、公美子の問いを跳ね返しながら、言った。

「陽奈子さんは、どうして殺されたの？」

「陽奈子さんは、自分自身じゃなくて、周囲にいた者に暗示がかかってしまったようね。案内状が届いた陽奈子さんは、お仕置きされなくてはいけない、それは自分がしなくてはいけない……という暗示」

公美子は、先日、松川凜子に聞いた情報をもとに、推理を披露した。「陽奈子さんを殺害した人は、蘭聖学園のOGで、事件当時陽奈子さんのアシスタントをしていた小林友紀って人なんだけど、かなり、ヤバい人なのよ。それこそ、暗示にかかりやすそうな人。というか、常時、暗示にかかってそうな人」

「その小林って人、もしかして、外部入試生？」

「そう。裁判の冒頭陳述を聞いたけれど、小学校時代、思い込みの激しさゆえに、いろんな問題行動を起こしている。その過去が功を奏して、陽奈子さんを殺害したにもかかわらず、軽い刑で済んだのよ」

「なるほど。ということは、やっぱり、あの案内状が元凶なのね」相変わらず、コメンテーター然とふんぞりかえりながら、鈴木咲穂。「じゃ、そもそもの元凶である、あの案内状を送ったのは、誰なの？」

「それは――」

公美子は、その名前を出していいものかどうか、躊躇《ためら》った。ただの推測にすぎないからだ。でも、どう考えても、こんな悪質なことを考えるのは、あいつしか考えられない。

そう、大崎多香美。旧姓本田多香美。

親戚筋だから分かるのだ。一番分家の本田家に、心が破壊されるほどあれこれと翻弄されてきた二番分家の自分だからこそ、分かるのだ。こんな底意地の悪いやりかたを思い付くのは、多香美しかいない。

が、公美子は、その名が唇から飛び出す前に、ごくりと呑み込んだ。こういうときでも〝分をわきまえてしまう分家根性が、我ながら惨めだ。

「ね、やっぱり、これは、私たちのクラス全員に恨みをもった人の犯行なんじゃないの？」矢板雪乃が、怪談でもはじめるように、言った。

「どういうこと？」鈴木咲穂の問いに、

「だから、錯乱させるためよ。不安と恐怖を煽って——。咲穂さん、あなただって、怯えたんじゃないの？　あなただって、後ろ暗いところ、あるんじゃないの？　実は、私、見ていたのよ。いつかの同窓会で、多香美さんの足をひっかけたあなたを」

と、矢板雪乃は突然、脅迫者のような顔で、そんなことを言い出した。彼女は、やはり〝おひぃさま〟なのだ。いざとなったら、場も考えず、自分が思っていることをずけずけと言う。

「まあ、あのときは、私も多香美さんのこと苦手だったから、ざまぁみろって、ちょっと思ってしまって。だから、あなたの罪を目撃していながら、口を閉ざしていたのよ。……咲穂さんは、昔からそういうところがあったわよね。表面上では正義感ゆえの毒舌を気取っているけれど、それは全然正義感なんかじゃなくて、ただの悪意の垂れ流し。空気を読めないんじゃなくて、あえて空気を読まずに、周囲を言葉の棘で傷つけていた。違う？」

「ちょっと、あんた、なにを言い出すのよ、あんただって、とんだ〝トリックスター〟じゃない」

「トリックスター？」

「引っ掻き回し屋……ってこと。自分では気付いてないかもしれないけれど、あんた、ここぞというところで、揉め事になるような種をひょいって蒔《ま》いちゃうところがあるのよ。余計なことを言ったり、やったりして」

またまた不穏な空気が立ちこめてきたので、公美子は、話を強引に戻した。

「で、誰なの？　誰が、あの案内状を送ったと思うの、雪乃さんは？」大崎多香美の名前が出てくることを期待しながら公美子が言葉をはさむと、

「……ね、私たち、誰か一人、忘れてない？　とても重要だけど、とても存在感のない人」と、雪乃が、もったいつけるように、言った。

「誰？　存在感がないといえば、陽奈子さんだったけれど……」

「ううん、違う、もっと、違う意味で、クラスから浮いていた人」

「クラスから浮いていたのは、恵麻さんね。なにしろ、外部入試組」

「外部入試組は、……もうひとり、いなかった？」

「あ、いた」鈴木咲穂が、ぽつりと言った。「恵麻さんといっつもつるんでいた……」

「そう、ゴウダマン！」矢板雪乃と鈴木咲穂の声が重なる。

公美子も、慌てて、記憶を辿《たど》った。

ゴウダマン。

ああ。

そうそう、いたいた、そういう綽名の子が。

たしか、合田満《あいだみちる》という名前だったはず。

その名前のせいで〝ゴウダマン〟という綽名をつけられていた。もちろん、本人に向かって直接そう呼んだことはない。第三者として話題にするときだけ、〝ゴウダマン〟と呼んでいたに過ぎなかった。が、その綽名のインパクトが強過ぎたせいで、合田満という名前そのものを認識している者は少なかった。三年間、一緒に過ごしたのに、今もこうして、すっかりその名前を忘れていた。

……いや、一緒に過ごしたというのは、嘘になる。合田さんはいつでも一人で、まるで地縛霊のように、そこにいるのにその存在を無視されてきたのだから。

そのとき、公美子の瞼に、ヘアメイクの〝アイダ〟さんの顔が唐突に浮かんできた。

「……意識不明のままなんですって。先週のことですよ。……Ｙｏｕ ｋｎｏｗ？」

〝ユーノー〟って。やだ、うそ。あれ、私の綽名だったの？

公美子は戦慄した。

第九話　合田満の告白

ええ、そうです。私が、大崎芳重さんにフッ化水素酸を渡しました。

その前に、私自身のことをお話ししなくてはいけませんね。

私は、『アイダミチル』という名前で、ヘアメイクをしています。

海藤恵麻とは蘭聖学園高等部のときに、短い間でしたけれど、親友同士でした。二人とも外部入試組で、それで、自然と仲良くなったんです。

私の、初めての親友。

とても、大切な存在。

恵麻のためなら、なんでもできそうな気がしました。

恵麻は、ちょっと癖がある子でしたが、でもそれがかえってミステリアスで、私、夢中になってしまったんです。

ええ、そうです。あの時期に特有の、S感情《シスター》です。恋愛とも違う友情とも違う、特別で神秘的で神聖な関係。

恵麻も同じ思いで、ゴールデンウィークに、私たち、家出したんです。心中するために。

当時の私たちは、〝心中〟というものを、特別な儀式のように捉えていました。結婚のようなものです。

どちらが言い出したのかは、今となっては覚えていません。多分、お互いに同じようなことを思っていたんだと思います。そう、あの時期にありがちな、死に対する憧れ。それを、私たちは強く持っていました。

そして、私たちは、出鱈目に電車を乗り継ぎ、池袋までやってきました。本当は、玉川上水を目指していたんですけれど。太宰治《だざいおさむ》のように、入水心中をするつもりでしたので。

でも、どこかで電車を乗り間違えて、武蔵野《むさしの》とはほど遠い、下世話で汚れた繁華街に私たちは辿り着いてしまったのです。

ああ、今思い出しても、汚らわしい。口臭と体臭にまみれた醜い男たちに、私たちは売春婦と間違われたのですから！　しかも、売春婦と間違われたまま、警官に補導されて。実に屈辱的な出来事でした。私たちの美しい心中物語が、こんな惨めな結果に終わるなんて。

それでも、私が耐えられたのは、〝永遠の友情の印〟があったからです。これは、ゴールデンウィーク前に、恵麻からもらいました。「これがある限り、私たちの友情は永遠。誰も、私たちを穢すことはできない」と言いながら、恵麻は、それを私に握らせました。

小さな瓶でした。瓶の中には、液体が入っていました。私は、ピンときました。これは、毒であると。これを飲んで、心中しようね……ということなのだと。

結局、そのときはその〝永遠の友情の印〟を使用することはなかったのですが、後に、瓶の中身の正体が明らかになります。

その年の六月、恵麻のお母様から電話があったのです。恵麻の殺人計画ノートが見つかったと、とても動揺していました。フッ化水素酸で、中学生の頃の級友達を殺害しようとしていると。その話をきいて、私はようやく理解しました。あの瓶の中身はフッ化水素酸で、恵麻は、心中しようとしたわけではなくて、私を殺そうとしているんだと。

実は、恵麻の噂は薄々聞いていました。

恵麻が中学生の頃、男子生徒をそそのかして、フッ化水素酸で女子生徒と男子教師に大けがをさせた……という事件を。表面上では男子生徒の単独犯ということでしたが、その裏には恵麻がいるんじゃないかって、私の中学まで噂が届きました。でも、蘭聖学園で出会った恵麻は、想像していたような凶悪な子ではなく、えくぼがとても可愛い、そしてちょっぴり陰のある、なんとも魅力的な子でした。私は一目で夢中になってしまったんです。

この子と友達になりたい。ずっとずっと続く永遠の友情を契りたい……と。

でも、恵麻は、あるときから突然、私によそよそしくなりました。

『六月三十一日の同窓会』というシナリオを書き上げ、いっきにクラスの注目を浴びたのがきっかけです。

それまで日陰でそっと咲いていたバラが、リビングのテーブルに飾られたようなものです。バラはますます美しく咲き誇り、それまでいた日陰など、見向きもしなくなりました。

私、そのときに気がついたんです。恵麻は、ただ、自分の作品を認めてほしかっただけなんだと。そう、恵麻は、人一倍、自己承認欲求と創作欲が強く、それが高じて中学時代に事件を起こしてしまったけれど、本来は、普通の子だったのです。その証拠に、自分が書いたシナリオが絶賛されて脚光を浴びはじめると、それまでまとっていたミステリアスな陰を脱ぎ捨て、どこにでもいる、陳腐な女子高校生に成り下がってしまいました。恵麻は、クラスメイトたちによって、すっかり毒気を抜かれてしまったんです。クラスメイトに囲まれてケラケラ笑っている恵麻の、なんて醜悪なこと。あんなの、本当の恵麻じゃない。

日陰にひとり残された私は、恵麻を元の位置に引き戻すために、ある噂を流しました。恵麻が妊娠していると。……効果覿面《てきめん》でした。恵麻はあっという間に、クラスの輪からはじき出されたのです。毒気を抜かれた恵麻は、もう以前のように、日陰にすら居場所はありませんでした。そして、逃げるように、転校してしまったんです。

がっかりでした。

本当にがっかりでした。あんな子に夢中になっていた自分が恥ずかしかった。だから私は、恵麻のことは忘れることにしました。若気の至り……黒歴史として。

そういうことですから、フッ化水素酸のことも、すっかり忘れていたんです。

恵麻に再会するまでは。

私、高等部を卒業したあとは、美容学校に進んで、それからあるヘアメイクアーティストの先生の下で修業していました。そんな頃です、恵麻に再会したのは。

恵麻が、連絡をくれたんです。私の実家に連絡して、そして、私の現在の携帯番号を知ったようです。

そして私たちは久し振りに会いました。何年振りだったでしょうか？

なんとも、気まずい再会でした。なにしろ、私はデマを流して、恵麻を転校に追い込んだ。

しかし、恵麻はそんなことはまったく気にしていない様子で、弁護士を目指してロースクールに通っていること、そして法律事務所でアルバイトをしていること……などの近況を、屈託のない笑顔で話してくれました。

私は、呆気にとられるばかりでした。

だって、私の知っている恵麻の面影は、まったくありませんでしたから。そのえくぼだって、昔はあんなに魅力的だったのに、法令線の一部になっていました。

芸能界から消えたアイドルが数年後にテレビに出演して、その変貌ぶりにお茶の間が呆然《ぼうぜん》とする……という感じに似ています。

人って、あんなに変わるんですね。というか、もしかしたら、中学、高校時代が、特別だったのかもしれません。いわゆる、中二病というやつです。……まあ、私も、中二病に罹患《りかん》していた口ですが。

いずれにしても、再会した恵麻からは中二病の陰はまったく感じられずに、むしろ、リア充の輝きをまとっていました。よほど、今の生活が充実しているんでしょうね。……中学生のときはあんな事件を引き起こして、高校時代も、あんな残酷な計画をしていたくせに。そして、私も、フッ化水素酸で殺そうとしたくせに。

そのとき、ようやく思い出しました。フッ化水素酸のことを。あれ、どこにやったのだっけ？　そうだ。実家だ。勉強机の引き出しの奥。ジュエリーボックスの中に隠してある。そんなことをつらつら考えていると、

「ミチル、なんか、随分と変わったね」と恵麻が言いました。

「もしかして、整形した？」

当たりです。私、高校を卒業してすぐに、目と鼻と顎をいじりました。リセットするためです。高校時代は、結局暗黒のまま終わってしまった。次こそは失敗しないように……という強い決意のもと、美容整形のドアを開けたんです。

整形は大成功でした。無論、元がそれほどよくありませんので誰もが振り向くような美女に変身することはありませんでしたが、高校時代までの印象をがらりと変えることには成功しま

した。

だから、柏木陽奈子さんも、土門公美子さんも、〝アイダミチル〟という名前を見ても、私だとは気付かなかったんです。そりゃ、そうでしょうね。彼女たちは、私のことを〝ゴウダマン〟と認識していて、〝合田満〟という名前はたぶん、記憶からすべり落ちていると思います。顔だって、そう。たぶん、整形していなくても、彼女たちは気がつかなかったんじゃないかしら。だって、私、三年間、ずっと、ひとり日陰にいましたから。誰も、私のことなんか、気にすることもなかった。

だから、私も、まったくの赤の他人のように、彼女たちと付き合ったんです。そのほうが、仕事もスムーズにいくと思いまして。だって、〝ゴウダマン〟だと知れたら、ぎくしゃくすると思いまして。恵麻も同じ思いだと思います。蘭聖学園出身だということは、伏せていたようでした。

あ、ちなみに。松川凜子先生は、恵麻の紹介です。恵麻が松川先生を紹介してくれたことにより、私もようやく一本立ちすることができました。その点では、恵麻にはとても感謝しています。

そして、土門公美子さんと柏木陽奈子さんは、松川凜子先生のご紹介です。

私のことについては、以上です。

では、話を戻しますね。

……ええ、そうです。ご指摘の通り、大崎多香美さんとは、お付き合いがありました。

二〇一三年の春先でしたでしょうか？　大崎多香美さんから、連絡があったんです。

「ファション誌のメイク特集を見ていたら、〝アイダミチル〟っていう名前を見つけて。満《みちる》さん、もしかして、ヘアメイクアーティストになったの？」

って、電話があったんです。驚きました。あのクラスで、私の名前を正確に認識していた人がいたなんて。

さすがは、委員長だと思いました。彼女、色々と癖の多い人ですけれど、委員長として、クラスの人たちを一人一人、ちゃんと把握していたんです。

なんだか、私、変にシンパシーを感じちゃいまして。それからは、ちょくちょく、会うようになったんです。彼女、お子さんがいたから、私が彼女の家に行くことが多かったでしょうか。家族ぐるみの付き合いってやつです。

そんなときです。大崎多香美さんがお酒を飲み過ぎて、酔っぱらってしまったことがあるんですね。多香美さんはそのまま寝入ってしまって。そのとき、……多香美さんの旦那さんと、私、つい。

私も彼も酔っていたんです。だから、ちょっとした間違いだったんです。でも、……私、いつのまにか、本気になってしまって。気がつけば、彼への思いを止められなくなりました。彼もまた、私を本気で愛してくれました。

多香美さんの家に、無言電話をかけていたのは、私です。だって、多香美さん、彼に酷い罵声を浴びせるっていうんです。鬼嫁だって、彼は言ってました。だから、私、多香美さんを困らせてやろうと思って。

でも、多香美さんはそんなことでは、へこたれませんでした。それどころか、底意地の悪さが増す一方。表面では優しく上品なセレブ妻を演じながら、その中身はまるで生き血をすする魔女。私の気分を逆撫でするようなことを、ニコニコ笑いながら言うんです。とても、残酷なことを言うんです。

あるときなんか、こんなことを言われました。

「ミチルさん、もしかして、知らなかったの？　外部入試者の本当の意味を」

きょとんとする私に、

「蘭聖学園が、もともとは行儀見習い施設……修練所施設だったことは知っている？　旧瑠璃町にあるホテルニューヘブン、あそこ、もともとは女子刑務所だったのよ。日本中の女性犯罪者が集まったと聞いているわ。だから、合併話が持ち上がる度に、御崎町から猛烈な反対意見が出たのよ」

と、多香美さんは続けました。そして、

「……でね、女子刑務所を出所したはいいけれど、帰る場所がない人たちを保護するために設立されたのが、『マイグレックヒェン（鈴蘭）会』。出所したばかりの元受刑者が、お金の為《ため》に売春している惨状を目撃したドイツ人の修道女マリア・ジハルトが、売春婦たちを受け入れたのがはじまりよ。職業訓練と結婚の機会を与えるためにね。そういうルーツを持つ蘭聖学園だから、女学校として再出発してからも、その精神は延々と引き継がれたの。もちろん、今もね」

多香美さんは、私の顔を憐《あわ》れむように覗き込みながら、さらに言いました。

「蘭聖学園は、初等部から短大までの一貫教育。原則、生徒の募集は、初等部と短大しか行われないわ。でも、中等部、高等部に限っては、年によっては外部入試が行われるのはご存知ね。入学希望者が多くて、毎回、すごい倍率になるそうよ。……でも、その外部入試は建前で、本当の目的は他にあるの。……これは〝外部〟の人にはあまり知られていないことなのだけれど。本当の目的はね……〝問題児〟の受け入れなのよ。そう、少女の犯罪者を、矯正するのが目的。本来は少年院送致が妥当な少女たちだけど、低年齢だとか矯正が比較的容易だとか鑑別所で判断されたときに、蘭聖学園に送られてくるの。その際に、一般の人も対象にした外部入試が実行されるのよ。つまり、〝問題児〟と〝一般の生徒〟を同時に受け入れて、〝問題児〟が普通に学園生活を送れるように配慮しているというわけ。だから、〝問題児〟の試験は簡単。……簡単だったでしょう？」

応えずにいると、

「まあ、ミチルさんの場合は、また特殊なケースだけど。あなたのお父様、人を殺してらっしゃるでしょう？　合併問題で意見が対立した人を殺害して、そして埋めた。その件で、あなた、随分とイジメにあっていたんですって？　挙げ句、不良グループと付き合うようになり、万引き、薬《ドラッグ》、喧嘩を繰り返したんですってね？　そういう問題行動が原因で、本来は少年院に送られるところを、情状酌量の便宜が図られて、蘭聖学園に送られてきたって聞いたわ」

ああ、この人は、なんて残酷なことを言うのだろう？　私は、多香美さんの残虐性を半ば憐れみながら、特に反論することもなく、彼女の言葉を浴び続けました。

「恵麻さんも、同じ。彼女は、中学生のときに、とんでもないことやらかしたのよ。それを反省するどころか、自慢するように、または反芻《はんすう》するように、あんなシナリオを書いちゃって。ほんと、悪党はどこまでいっても、悪党なのね。呆れちゃう。でも、私たち蘭聖学園の生徒の使命は、そんなあなたたちでも暖かく迎えて、そして、分け隔てなく友情を育むこと。だって、あなたたちは〝お客様〟なんだから、私たちは、どんなことがあろうと、おもてなしをしなくてはならなかったのよ、あなたたちの更生のために。それが、私たち蘭聖学園の精神だから。

……ああ、そうそう、松川凜子先生もね――」

涙が、とめどなく流れます。カットソーまでぐしょぐしょになってしまう始末。恵麻のことを悪く言われたからではありません。恵麻に関しては、多香美さんと同じ意見です。そんな恵麻に憧れて、〝永々の友情〟を契った自分が情けないほどです。

なら、なんで、私の涙は止まらなかったのか。

それは、私が腫れ物の〝お客様〟として扱われてきたことが分かったからです。そう、私は憐れみの対象だったんです。

情けなかった。……泣きたくなるぐらい情けなかった。

私、本当は、鑑別所に送られるところだったんです。でも、祖母が言ったんです。「蘭聖学園に行く?」って。「あなたが、本当に反省して、これから先は普通の女子高生として生きると誓うならば、蘭聖学園を受験してみる?」って。

蘭聖学園。私の地元では、これほど輝かしく、そして誇りある名前はありません。地元の女子なら、みんな憧れます。……実は、私も憧れていたんです。蘭聖学園なんて興味ないなんて言いながら、あの制服を見かける度に、羨ましくて。だから、私、受験することに決めたんです。それからは、心を入れ替えて猛勉強しました。寝る間も惜しんで。だから、合格通知が来たときは、死ぬ程嬉しかった。

なのに、そんな扱いだったなんて。

確かに、高等部の三年間は、居心地の悪いものでした。なにしろ、日陰の身。それでも、蘭聖学園の生徒なんだという誇りだけが、私の唯一の支えだったんです。だから、三年間、耐えられたんです。

なのに、そんな扱いだったなんて。

クラスメイトの顔が一人ずつ浮かんできて、猛烈な復讐心が湧いてきました。

三年間、私をそんなふうに扱ってきたやつらの顔を、恐怖で歪めてやりたい。

でも、そんな恐ろしい考えも、一瞬で消えました。なにしろ、今の私は仕事も充実しているし、恋愛も順調だ。幸せの絶頂といってもいい。人間、幸せなときは、人を恨む気持ちも薄れるものなんです。今の私は、もうかつての憐れみの対象ではないのです。むしろ、哀れなのは、多香美さんのほう。多香美さんは、自分で善い悪いを判断することができない人でした。だから、世間の〝評価〟をひどく気にして、善い人間に見えるように常に振る舞っているようなところがありました。そう、〝善い人間〟であることに固執していたのです。でも、固執すればするほど、それは〝悪意〟に変換されてしまうのです。

そんなですから、多香美さんの心は、闇で覆われていました。

芳重さんに対する罵詈雑言はひどくなるばかりで、そのせいで、彼は心身ともボロボロでした。殺してやりたい……とも言っていました。そんな彼を慰めようと、私は、あの瓶を彼に渡したのです。そう、恵麻から貰《もら》った〝永遠の友情の印〟、フッ化水素酸です。彼のために、私、実家に戻ってこっそり持ち出したんです。私は言いました。

「これをちょっと塗るだけで、その部分は激しく壊死して、死に至るんですって。うまくやれば、完全犯罪よ。

でも、使ってはダメよ。お守りにするの。これを持っているだけで、多香美さんの優位に立てるわ。だって、これでいつでも、多香美さんを地獄の苦しみに落とせるんだから。あなたが、多香美さんの命を握っているようなものなのよ。だから、お守りとして、持っていて」

なんであんなことをしてしまったのか。心身とも疲れ果てている彼ですから、ただのお守りではなくて、それを実際に使用するかもしれなかったのに。

ああ、そうですね。きっと、私、多香美さんに消えて欲しかったんです。そうすれば、彼は正式に私のものになる。だから、彼が多香美さんを殺害するかもしれないとどこかで分かっていながら、あの瓶を渡してしまったのかもしれません。……今思えば、なんて愚かで短絡的な思い。劣情に駆られた女というのは、どうしてこうまで、バカなのでしょうか。

でも。

私、多香美さんを完全に見くびっていました。まさか、多香美さん自身が、フッ化水素酸を自分の手に塗ってしまうなんて。

そうなんです。多香美さんは、彼と私のメールのやりとりを、盗み見ていたようなんです。彼が言ったことがあります。「メールを見られているかもしれない」って。だから、彼がフッ化水素酸を隠し持っているのも知っていたんだと思います。それを探し出して、自分自身で塗ったんです。

なんで、そんなことをしたのか？

たぶん、私と彼に対する復讐。

だからといって、元クラスメイトを道連れにすることはなかったんです。

そうです。多香美さんが亡くなる何日か前に、〝六月三十一日の同窓会〟の案内状が私の許《もと》に届きました。私は、すぐに、それを出したのは多香美さんだと感じました。だから、電話をしたんです。

多香美さんは、言いました。

「あら、バレちゃった？　実はね、送ったのは、あなただけじゃないのよ。他には、咲穂さん、そして陽奈子さんにも送ったの。だって、……お仕置きが必要な人たちだからよ。咲穂さんは、私に恥をかかせた。足をひっかけてね。陽奈子さんは、私が着るはずだった藍白のワンピースを着ていた。許せないわ。そして、あなた。身に覚え、あるでしょう？　……大丈夫よ、転送しなければ、この三人で終わるわ。……でも、咲穂さんは、転送しちゃうかもね。あの子、なんだかんだ言っても、メンタル弱いから。子供もいるしね。……いやだ、そんなに怒らないで。ちょっとした、演出よ。だって、今度の同窓会は、蘭聖学園百周年記念なんだもの。普通じゃ、つまらないでしょう？」って。そして、「もちろん、ちゃんとしたやつも、送っておいたから」

多香美さんの言う通り、正式な同窓会の案内状は、すでに送られてきていました。

でも。その後に〝六月三十一日の同窓会〟の案内状を貰った人は、どう思うでしょう？　人によっては、そちらのほうにばかり気を取られて、正式な案内状のことには気が回らないんではないでしょうか？　〝お仕置き〟される覚えのある者は、震え上がったに違いありません。

多香美さんの狙いは、そこなんです。

〝六月三十一日の同窓会〟の案内状を送ったあとに、自らフッ化水素酸で自殺したのは、クラスメイトたちに、より強い恐怖を植え付けるためです。「死ぬ」という暗示をかけるためです。そうです。道連れにするためです。

実際、陽奈子さん、寧々さん、結衣子さんが亡くなってしまったじゃないですか。そして、恵麻も。

この、連鎖する死こそが、多香美さんの狙いだったのです。

（鎌倉市主婦殺害事件、被告人大崎芳重の弁護側証人の証言より）

＋

（二〇一六年六月十四日火曜日）


合田満は、その人の頬にチークブラシを泳がせながら、鏡越しの視線を痛い程感じていた。

「証言台に立ったんですって？」

松川凜子が、ようやく言葉を口にした。

「……はい」

「裁判は、初めて？」

「……はい」

「なら、緊張したでしょう？」

「……はい」

「それにしても、あなた、蘭聖学園のＯＧだったのね。しかも、八十九期生。柏木陽奈子さんたちと同期だったんじゃない。それなら、そうと言ってくれればいいのに」

「……すみません」

「あなたも、外部入試組なんですって？」

「……はい」

「そう。……私もなのよ」

満の手が、ふいに震える。

そして、鏡の中の、その顔をそっと覗き見る。

『松川凜子先生もね、外部入試組なのよ』

大崎多香美の声が、鼓膜の奥で蘇る。

『なにか悩みがあったら、松川先生に相談すること……って、言われているんじゃない？　なぜ、そんなふうに言われているか、その意味は知っている？

　つまりね、なんだかんだと松川先生を訪ねることで、先生の様子を監視させているのよ。だって、松川先生、なにをやらかすか分からないアブナい人だから。

……あの人ね、極度に興奮すると、残虐性が剝き出しになるんですって。小さい頃から問題行動が続いていて、とうとう、弟二人をナタで半殺しにする……なんていう事件まで起こしてしまったそうよ。典型的な反社会的人格……サイコパスね。サイコパスには、生まれつき、〝良心〟がないんですって。知ってる？　サイコパスって、弁護士に多いそうよ。もっとも、これはアメリカの話だけど。

……加えて、松川先生は、被害妄想も酷いんですって。その妄想が極限状態にくると、興奮してしまうみたい。だから、中学校時代は、ほとんどを病院で過ごしていたんですって。

……今は、興奮を抑える薬を飲んでいて、それで、おとなしくしているけれど。いつなんどき、また事件を起こすか分からない。だから、蘭聖学園のＯＧを総動員して、監視させているって訳よ。

……まあ、嘘か真か、私にはよくわからないけれどね。でも、松川先生が、過去に残虐な事件を起こしたことだけは、事実よ』

「どうしたの？」

松川凜子の視線が、こちらを見る。

満は、「いいえ」と軽く頭を振ると、再びチークブラシを軽快に踊らせた。

しかし、その手は微かに震えている。

まさか、恵麻を死に追いやったのは、松川先生なんじゃ？
そんな疑念がここ数日、ずっと脳の表面にぺたりと貼り付いている。
もちろん、証拠はない。確証もない。
でも、あれはいつだったろうか？　そう、松川凜子がメイク室で倒れたその翌日。
恵麻から久し振りにメールが届いた。
『私、法律事務所を辞めようと思うの』
どうして？　と返すと、
『なんか、……先生が恐いのよ』
とだけ、返ってきた。
先生が、恐い。今なら、恵麻のその言葉がリアルに伝わってくる。
確かに、恐い。
満は、鏡の中の松川凜子の視線を、どうしても直視することができなかった。

再び、柏木陽奈子の記憶

（二〇一四年六月二十五日水曜日）


「先生、……柏木先生？」

肩を揺すられて、陽奈子はぷるっとひとつ、体を震わせた。

……えっと。ここは？

パソコンのディスプレイ、なだれ落ちそうな雑誌の山、色とりどりのペン、そして、スケッチブックに、漫画の原稿。

ああ、そうだった。ここは職場だ。

……いつのまにか、デスクに突っ伏していた。

「柏木先生、大丈夫ですか？」

声をかけてきたのは、小林さん。先月から仕事を手伝ってもらっている。

「あら？　先生」小林さんが、陽奈子の腕の下から、原稿用紙を引き抜く。

「新しい連載の、ネームですか？」

「ええ。採用されるかどうか、分からないけれど」

「〝六月三十一日の同窓会〟っていうタイトルなんですか？」

「そう。……私の母校をモデルにしようと思って。ミステリーなんだけれど」

「ミステリー？　新境地ですね。……どんなお話なんですか？」

「まあ、かいつまんでいえば……。学園に、連続殺人鬼が紛れ込む……ってお話」

「連続殺人鬼？」

「うちの母校ね、元々は、行儀見習い施設……というか前科のある女性たちの修練所だったのよ。その名残りで、問題行動を起こした生徒が時々編入してくるの。……もちろん、秘密裏にね。普通の生徒と犯罪歴のある生徒を分け隔てなく同じ学《まな》び舎《や》で生活させることで、矯正させようっていうのが目的」

「……それを、漫画にするんですか？」

「うん。前々から温めてきたネタなんだけど、なかなかきっかけがなくて。でもね、同窓会の案内状が届いたのよ」

言いながら、陽奈子は二通の案内状を、机の引き出しから取り出した。

「ひとつは、なんてことはない、普通の往復はがき。これは、すでに〝欠席〟に丸をつけたわ。

あとは返送するだけ。……おもしろいのは、これなの」

そして、陽奈子は、封書に入った案内状を抜き出してみせた。

「日付がおもしろいでしょう？　六月三十一日って」

「そんな日付、ないですよね。通常、六月は三十日まで……」

「ところがね。うちの母校には、あるの。〝六月三十一日〟が。四年に一度だけど。本当よ。

……それが理由なのか、この〝六月三十一日の同窓会〟の案内状が、時々送られてくるのよ。

いわゆる、不幸の手紙みたいなもので、これが送られてくると、〝お仕置き〟されちゃうんだって」

「お仕置き？」

「おもしろいでしょう？　犯罪歴のある編入生徒、六月三十一日の同窓会、そしてお仕置き。

これらをモチーフにして、なにかミステリーができないかしらって。それで、ネームを切ってみたんだけど。なかなか、うまくいかなくて、だから、昨日も徹夜で――」

「先生、本当に、大丈夫ですか？　顔色、悪いけれど」小林さんが、再度、尋ねる。

「あ、……ちょっと、寝不足で」


「フッ化水素酸」

そんな言葉が聞こえ、陽奈子は振り返った。小林さんが、テレビのほうに体を捻っている。

テレビには、午後のニュースが流れていた。

「フッ化水素酸が、……どうしたの？」陽奈子が訊くと、小林さんが得意げに、ニュースの内容をトレースした。

「フッ化水素酸に触れて、女性が亡くなったんですって。……二十八歳の女性。先生と同じ御歳ですね。まだ若いのに……気の毒」

＋

多香美さんが……亡くなった？

あの、多香美さんが？


仕事場と自宅をつなぐ歩道橋。

「先生」

そんな声がして、振り向くと、そこには小林さんが険しい顔で立っていた。

「私のことを描くんですか？」

「え？」

「私も、蘭聖学園の外部入試組なんです」

「え?」

「私、ホテルニューヘブンのベーカリーショップで、毎日のようにパンを盗んでいました。それだけじゃありません。いろんなものを盗みました。クラスメイトのお金も盗みました。近所の家に上がり込んで、服を盗んだこともあります。だって、私、どうしても蘭聖学園に行きたかったから。悪いことをすれば、蘭聖学園に行けるっていう噂を聞いたから、私……。そして念願叶《かな》って、中等部に編入することができたんです」

「こ、小林さん……?」

「そのことを、描くんですか?」

「やめて、小林さん」

「お願いです、描かないでください。私、とっても反省しているんです。今は盗みなんて、一切していません。子供もいるんです。子供には知られたくないんです、だから、どうか、描かないでください!」

「やめて、やめて、小林さん、危ないから、やめて——」

+

——東京都武蔵野市に住む漫画家の柏木陽奈子さん二十八歳が、自宅近くの歩道橋から転落し、病院に搬送されたが意識不明の重体。

警察は、転落の原因を詳しく調べている。

＋

私の……名前?

私の……名前は――

「陽奈子さん。どうしたの?」

「え?」

「集中しないと、リンゴ、ちゃんと切れないよ」

見ると、白い皿に丸ごとのリンゴがひとつ。

そして、両手にはフォークとナイフ。

さらには視線を巡らせると、そこは、レストランのようだった。

白いテーブルクロスがかけられた丸テーブルが、沢山並んでいる。

が、どのテーブルにも、人はいない。

「みんな、遅いね」

さきほどから話しかけているのは、一人の少女だった。でも、顔はよく分からない。照明のせいか、輪郭だけはなんとか捉えられるのだが、そのディテールがまるで摑めない。

「まあ、私たちがちょっと早すぎたのかもしれないけれど。六月三十一日はまだ先なのに」

「委員長？　でも、あなた……」

「あ、ちょっと、待って。なにか、聞こえない？　靴音がしない？」

「え？」

＋

本当だ。靴音がする。

こつこつこつこつこつ……。

たぶん、女の人。ヒールの音だ。

こつこつこつこつこつ……。

そして、その音は、すぐそこで止まった。

「柏木さん。……柏木陽奈子さん」

呼ばれて、陽奈子は、重たい瞼にゆっくりと力を込めた。

長い夢を見ていた。

そう、あれは、確か、学業発表会のときの劇のシーン。

なんだって、あんな夢を？

ところで、私、今、どこにいるの？

「病院ですよ」

そんな声がして、陽奈子は、今度こそ、瞼を開けた。

視界に浮かぶ、黒いシルエット。

……ひぃ。

陽奈子は、身震いした。

私、まだ、夢を見ているの？　あの劇の夢を？　連続殺人鬼の夢を。

「驚かせてしまって、すみません」

しかし、その声は優しかった。

「ごきげんよう。私、松川凜子です」

ああ、松川先生！　……ああ、そうだ。先日は、優秀なヘアメイクさんをご紹介いただいて、ありがとうございます。彼女、とても腕がよくて。服のセンスも抜群で、藍白のワンピースを着るようにアドバイスしてくれたんです。あのワンピース、とても評判がよくて――

「あなたのことをニュースで見て、飛んできたのです」

それは、ありがとうございます。お忙しいのに、わざわざ。先生のような有名人に見舞っていただけるなんて、光栄です。

「有名人？　なにを言っているんですか？　今や有名人はあなたのほうじゃないですか？」

え？

「困るんです。私より有名な人が出てきては。だって、私は、蘭聖学園出身の有名人であり続けなくてはならないからです。でないと、私の存在意義も存在価値もなくなるんです。私は、蘭聖学園に大きな〝借り〟があるのですから、それを返すためにも、〝一番の有名人〟であり続けないといけないんです」

なにを……おっしゃっているんですか？

「だから、あなたが漫画でどんどん有名になっていくのが、本当に疎ましかったんですよ。どうにかして、引き摺《ず》り落としてやりたいと思っていました。そんなときに、あなたが歩道橋から転落したというニュース。……神様がくれたチャンスだと思ったわ」

ですから、なにをおっしゃって……。

声を出そうとしたその瞬間、陽奈子の顔に、なにか柔らかいクッションのようなものが迫ってきた。

暗転。

……今度こそ、本当に死ぬんだ。

陽奈子は、薄れ行く意識を追いかけながら、そんなことを思った。

松川凜子の挨拶

（二〇一六年六月三十一日世界日）

四年に一度の〝六月三十一日〟、この佳《よ》き日に、鈴蘭会の皆様とお会いすることができて、これほどの喜びはございません。

このたび、副理事長という大役をいただいた、松川凜子でございます。

とはいえ、この大役を引き受けるまでには、大変な葛藤がございました。私のような人間に務まるのか、私のような人間に相応しいのか。ご存知の通り、私は、〝外部入試者〟です。幼き頃、過ちを犯してしまいました。本来ならば、裁かれるべき人間ですが、皆様のお導きとご理解とご温情により、私は〝弁護士〟という天職を得、社会的信頼も得ることができました。ひとえに、皆様のおかげでございます。その恩に報いるためにも、私はこの大役を引き受けるべきだと考えました。私にこのような機会を与えてくださり、心から御礼申し上げます。

さて、もう、お耳に入っているとは思いますが、この四年間、実に哀《かな》しい事件が相次ぎました。

大崎多香美さん、柏木陽奈子さん、猪口寧々さん、福井結衣子さん、そして海藤恵麻さんが、不幸にも亡くなりました。

この不幸の連鎖は、哀しいかな、我々が採用している〝世界暦〟が原因だという人もいます。

世界暦は、皆様もご存知のように、一八三四年にイタリアの修道士マルコ・マストロフィニによって考案された〝固定暦〟で、グレゴリオ暦の欠点を是正する改暦案のひとつとして考案されました。一九三〇年十月二十一日、エリザベス・アケイリスが世界暦協会を設立、世界暦改暦運動は世界的に広がり、カトリック教会を統括するバチカンにも公認されるに至りました。国際連盟、及び国際連合でもたびたび改暦が提案されましたが、アメリカの反対により、いまだ実現されていません。

一方、蘭聖学園を創立したマリア・ジハルト修道女は世界暦を採用し、亡くなるまで、世界暦改暦運動にその情熱を注ぎました。マリア修道女亡き後は、鈴蘭会がその遺志を繋いできました。

よって、世界暦に従い、閏《うるう》年の六月三十日の翌日を〝六月三十一日世界日〟と定め、鈴蘭会の総会もこの日に設定したと聞いております。

しかし、一般に使用されているグレゴリオ暦には存在しない〝六月三十一日〟という日付が、生徒たちの間にあらぬ都市伝説を生んでしまう原因になってしまいました。

〝六月三十一日の同窓会〟という怪文書が、長らく生徒たちの間でおもしろおかしくやりとりされていることを知りながら、それを放置した鈴蘭会の責任も重大です。

この悲劇が繰り返されないよう、今総会では、世界暦の廃止を、検討したいと思います。

（鈴蘭会副理事長松川凜子の新任の挨拶より引用）

〈初出誌〉
「月刊ジェイ・ノベル」
第一話　柏木陽奈子の記憶　二〇一三年七月号
第二話　松川凜子の選択　二〇一三年一〇月号
第三話　鈴木咲穂の綽名　二〇一四年一月号
第四話　福井結衣子の疑惑　二〇一四年四月号
第五話　矢板雪乃の初恋　二〇一四年七月号
第六話　小出志津子の証言　二〇一四年一〇月号
第七話　海藤恵麻の行方　二〇一五年一月号
第八話　土門公美子の推理　書き下ろし
第九話　合田満の告白　書き下ろし
再び、柏木陽奈子の記憶　書き下ろし
松川凜子の挨拶　書き下ろし

単行本化にあたり加筆・修正を行いました。

［著者略歴］

真梨幸子（まり・ゆきこ）

1964年宮崎県生まれ。多摩芸術学園映画科（現・多摩美術大学映像演劇学科）を卒業。2005年「孤虫症」で第32回メフィスト賞を受賞しデビュー。2011年に文庫化された『殺人鬼フジコの衝動』がベストセラーに。2015年、『人生相談。』が山本周五郎賞候補に。そのほかの著書に『鸚鵡楼の惨劇』『５人のジュンコ』『アルテーミスの采配』など多数。

６《ろく》月《がつ》３１《さんじゅういち》日《にち》の同《どう》窓《そう》会《かい》

2016年2月10日　初版第1刷発行

著　者／真梨幸子
発行者／増田義和
発行所／株式会社実業之日本社
〒104-8233　東京都中央区京橋3-7-5　京橋スクエア
電話（編集）03-3562-2051　（販売）03-3535-4441
振替　00110-6-326
http://www.j-n.co.jp/
小社のプライバシー・ポリシーは上記ホームページをご覧ください。

ＤＴＰ／株式会社ラッシュ
印刷所／大日本印刷株式会社
製本所／株式会社ブックアート

ISBN978-4-408-53677-4（文芸）